作家榜®经典名著

读经典名著，认准作家榜

秋刀鱼之味

小津安二郎经典作品集

[日]小津安二郎 [日]野田高梧 著

张丽娟 译

浙江文艺出版社

目　录

秋日和 001

小早川家之秋 149

秋刀鱼之味 277

译后记　遗憾方为人生 ... 418

秋日和

> 1960年（昭和三十五年）摄制
> 松竹大船制片厂
> 现存剧本、底片、拷贝
> 11卷，3518米（128分钟），彩色
> 1960年11月13日公映

职员表

- 制片　山内静夫
- 原作　里见弴
- 编剧　野田高梧　小津安二郎
- 导演　小津安二郎
- 摄影　厚田雄春
- 美术　滨田辰雄
- 音乐　斋藤高顺
- 录音　妹尾芳三郎
- 剪辑　滨村义康

洋子	田代百合子
和男	设乐幸嗣
平山精一郎	北龙二
幸一	三上真一郎
佐佐木百合子	冈田茉莉子
芳太郎一	竹田法一
久子	樱睦子
桑田荣	南美江
种吉	十朱久雄
杉山常男	渡边文雄
老板娘丰	高桥丰
高松重子	千之赫子

出场人物

三轮秋子　　原节子
绫子　　　　司叶子
周吉　　　　笠智众
后藤庄太郎　佐田启二
间宫宗一　　佐分利信
文子　　　　泽村贞子
路子　　　　桑野美章
忠雄　　　　岛津雅彦
田口秀三　　中村伸郎
信子　　　　三宅邦子

1 寺庙院内

能望见东京塔以及附近的公寓楼,家家户户的窗边晾晒着衣物——便是这样一座位于东京都内麻布一带的寺院。

院子内,一位家住附近的老太太将孙儿从婴儿车里抱了出来,任其自在地玩耍着。

2　寺庙室内

今天是三轮周造去世第七个忌辰，三轮的遗孀秋子（45岁）、女儿绫子（24岁），仅母女二人身穿丧服，余下的皆平常装束。其中有周造的老同学田口秀三（54岁），其他几位，无外乎亲戚和三轮所在公司的旧部下等人，夹杂着几位女士，总计不到十人。——大家在轻松的氛围中闲话家常。

3　寺庙的走廊

三轮的老友兼同学平山精一郎（53岁），从洗手间出来，在石制的洗手盆里洗了手，然后返回室内。

4　室内

田口和旧部下职员——

　　田口　唉，是嘛，貌似不错啊。在哪儿？

　　平山　（坐回邻座）说什么呢？

　　田口　牛排店啊，说是有一家味道特别棒呢。

职员　您听说过上野的本牧亭吧？就在那条巷弄里，只有老头儿老太太两个人经营呢。

田口　是吗？那一定要去尝尝。松坂屋后面的猪排店我倒是经常去。（对平山）你也常去的。

平山　是啊，在他家还开小食摊的时候我就去过。（对职员说）想当年我还是个学生呢，贪吃又没钱……

田口　今天祭拜的这位也是，那时我们常常想方设法凑点儿钱，然后一起去吃。

职员　这样啊，那您和三轮先生从年轻时起就一直——？

田口　是的，高中时还住同一间宿舍呢。

职员　实在难得啊。——（说着递上名片）我也承蒙三轮先生诸多关照。说起来，他真是位好部长，人那么和蔼。一转眼第七个忌辰了……

田口　时间真快呀。（一边给平山倒茶）你那位几年了？

平山　什么？

田口　你老婆过世啊。

平山　呃……四年吧。大约五个年头。

田口　快看，茶叶梗立起来了。

平山　哦，茶叶梗啊……这是要摊上好事了？
田口　在寺院里茶叶梗立起来，会不会是你过世的老婆要来迎接你呢？
平山　一边去。我还没想死呢。

| 于是，三个人爽朗地笑起来。
在另一边，秋子和绫子——

绫子　（边看手表边说）伯父真够慢的呀——
秋子　就是啊。怎么回事儿呢？——呀，说曹操曹操到。
| 随后起身。
秋子亡夫周造的哥哥周吉（59岁）正穿过正殿的走廊向这边走来。

周吉　（对在座众人）实在抱歉……（然后对迎接他的秋子）我来晚了……
| 在座众人礼迎周吉，然后重新落座。

周吉　在下是三轮周造的哥哥，今天各位在百忙之中……只是因为我住在乡下，刚刚不小心又在街角拐错了方向……（继而语气亲切地）田口君、平山君辛苦了……
| 说着点头致意。

田口　呀，好久不见。今天来的东京？
周吉　不是，还有点儿其他事情，昨天就来了……

平山　对了，上次我家那小子承蒙您多多关照……

周吉　哪里哪里，招待不周……

田口　你们说的什么事儿？

平山　去年冬天，我家那小子和一大帮朋友去榛名湖滑冰，住在他家旅馆里，多蒙照顾呢。（然后对周吉）临走时您还赠送我们土特产……

周吉　哪里哪里，也不知是否合您口味，那是春天采摘的嫩芽，用盐腌渍好了。虽然不是什么稀罕东西，但在伊香保[1]，也是有关武男和浪子小姐[2]的特产……

平山　让您费心了，可真是好东西。

田口　哦，就是那次的山蕨菜吧，味道确实鲜美呢。（然后对周吉）说不上什么原因，这人一旦上了年纪，就越来越爱吃这些个东西……

周吉　是啊，我也一样……

田口　什么羊栖菜啦，胡萝卜啦，香菇、萝卜干、豆腐还有油炸豆腐——

平山　再加上牛排、炸猪排？

| 于是大家伙儿都笑了起来，这时有位年轻僧侣从正殿那边走过来。

---

1. 地名，指日本群马县伊香保町伊香保温泉区。
2. 指川岛武男与片冈浪子，二人是日本明治时代小说家德富芦花的成名作《不如归》中的男女主人公。

僧侣　诸位，人都到齐了吧？

秋子　是的，到齐了……

僧侣　那么，请移步正殿……

于是大家纷纷起身，彼此谦让着往正殿方向走去。

不久，随着"当"的一声钟响，木鱼声传来，诵经开始了。

5　正殿

| 所有人候坐一旁，聆听和尚诵经。
　恭恭敬敬的秋子和绫子。
　在座的其他人等。
　这时，同为逝者老朋友兼同窗的间宫宗一（54岁）姗姗来迟。
　他点头致意，然后在田口和平山身边坐下。

　　　　田口　你也太晚了吧。

　　　　间宫　啊，有事情耽搁了。

　　　　平山　这才刚开始呢。

　　　　间宫　（微笑）那还是来早啰。

| 和尚继续诵经。

6 当晚 筑地一带

| 有很多日式餐馆的巷弄——天空余晖未尽,附近的高楼屋顶上霓虹灯闪烁。

7　餐馆客间（二楼）

秋子和绫子已经在吃餐后水果，而间宫、平山、田口三人还在喝着清酒和威士忌。

间宫　不过，再怎么说今天的诵经时间也太长了。

平山　这话也不该你说吧，来这么晚——

秋子　真是给大家添麻烦了。田口先生交代过诵经尽可能短点儿，只念最令人感动的地方即可。我也跟和尚师父们拜托过……（对绫子）是不是？

绫子　（笑着点点头）……

田口　哎呀，那个和尚热情过头了吧。——夫人，您是不是布施得太多了？

秋子　怎么可能呀。不会供奉那么多呢。

间宫　不过今儿个天气不错，很是凉爽。——葬礼那天可热了，还记得吧？

平山　嗯，那天真惨啊，我穿着冬天的礼服呢。

田口　那年，阿绫你有多大？

绫子　十八岁。

间宫　那么今年是——？

绫子　二十四了。

间宫　唔，你也到出嫁年龄了，是不是啊，太太——

秋子　嗯，可是要拜托您呢，给物色个好人家。

间宫　那倒是有现成的呢。咱们阿绫长得这么漂亮。

田口　喜欢什么类型的？——你别嬉皮笑脸的。

平山　说说看呗。

田口　比如像我这样的，怎么样？

绫子　喜欢。

间宫　那我这种呢？

绫子　我也喜欢叔叔您呢。

平山　这么看来，没人知道你会喜欢什么样的，因为他俩类型完全不同嘛。你看我怎么样？

绫子　叔叔您……

间宫　勉勉强强吧，你不够格呢。

田口　少说废话吧。——言归正传，太太，不开玩笑的，我这里倒真有个不错的人选呢。

秋子　那就拜托了。

平山　你当真物色好人选了？

田口　自然啰。阿绫，你真有嫁人的打算吗？

绫子　（笑而不语）……

间宫　女大不中留啊。——太太和三轮结婚时大概……

秋子　我那年二十岁。

田口　所以啊，阿绫也是时候了……

平山　说得对，可不就是吗。

田口　我说阿绫，那人还真不赖呢。若我记得没错，

　　　　他该是二十九岁，东大建筑系毕业，在大林组工作呢。一个幽默风趣的家伙。

秋子　这么好的条件啊——
田口　是啊，我认为此人确实不错呢。
秋子　可就拜托您了。多费心……
田口　没问题。
秋子　阿绫，时候差不多了……（于是对在座三位）诸位，那我们就失陪了……
间宫　这就走吗？还早着咧……
秋子　嗯，不过，已经……今天倒是给大家添麻烦了……感谢诸位……
平山　哪里，我们也多有失礼，尽说了些口没遮拦的话……
秋子　哪里呀，托你们的福，我们很开心呢。那再见了……
间宫　请多包涵。
秋子　那各位请随意……
绫子　再见。
平山　哦，再见。

| 田口起身送她们至入口处。

田口　那就此告别吧。阿绫，你知道路吧？

8 走廊

秋子和绫子回去。

9 客间

田口折返回来。

田口　真漂亮啊，风采依旧……
平山　可不是吗，我顶喜欢跟这般大小的女孩子聊天了。
田口　不是啦，虽然女儿也有女儿的美。
间宫　你是说妈妈吧？
田口　唔，一点儿没变啊。
间宫　当真漂亮呢。
平山　倒也是啊。不过，姑娘也相当不错呀。
间宫　姑娘当然是好姑娘。可话说回来，秋子都已年过四十了。
田口　非要说哪个更好，我也是倾向妈妈一方呢。韵味十足啊。
间宫　嗯。就是，真是漂亮。
平山　真有那么美吗？
田口　就是那么美呢。到底应了那句话，娶妻太漂亮，老公要折寿啊。

间宫　所以啊，三轮那家伙，就是幸运太多过犹不及啰。话说女人到了这个岁数真是别具风韵呢，是不是啊？

田口　就是。你也这么认为吗？

间宫　说不上哪里，就觉得她有味道。

田口　（对平山）你竟然察觉不到，太迟钝了。

平山　感觉倒是有，不过不像你俩这般强烈罢了。

三个人朗声笑起来。
这时老板娘丰（50岁）拿着酒壶进来。

　　丰　什么好事儿让大家这么开心？——请。

说着给间宫斟酒。

间宫　老板娘，你丈夫身体挺好的吧？

　　丰　还好，托您的福。

间宫　靠谱吧？

田口　那是自然啰。你丈夫一定会长寿的。

平山　这世间怎样才算幸福还真不好说啊，对不对呀，老板娘？

于是三个人大声笑起来。

　　丰　什么事情这么好笑？

间宫　没什么，想起从前了。那会儿我们还在大学里混日子，本乡三丁目的青木堂附近有一家药店，不过现在那里变成水果店了。店家有个漂亮女儿，因此这家伙（田口）可来劲了，明明没病却偏要去买膏药呢。

田口　别逗了，你才没病找病呢，没感冒就跑去买安替比林之类药的还不是你吗？还买了退烧药丸呢。

平山　想起来了，是天平牌的吧？

间宫　他说的那个姑娘啊，就是刚刚回去的那位哟。

丰　啊，那位夫人，我还以为她们是姐妹俩，哪里想得到她竟然是妈妈啊。太漂亮了。——可是，后来怎么样了？

间宫　怎么说好呢？

田口　后来就江河日下了。

平山　说起来都是泪啊。

间宫　你还记得有个叫三轮的吗？

丰　呃……

间宫　记得他也来过这里一两次啊。

田口　简单说吧，就是被那个家伙给娶回家咯。

丰　哦哟哦哟。早知如此，买什么感冒药，倒不如买蝾螈粉呢。

田口　可不是吗。

间宫　当时可没有这个聪明劲儿。不像现在的年轻人，那时多单纯啊。

丰　（拿起酒壶）平山先生，要喝吗？

平山　好的。

田口　给我拿杯汽水吧，汽水——

丰　好的好的，请稍候——

| 说着起身出去。

间宫　（盯着她的背影）娶这样的老婆，老公才会长寿呢。

丰　（又探头进来）您说什么？

间宫　没什么，说我们自己。拿汽水去吧。

丰　好的好的。

| 随后离开。

田口　不过，娶了这样的老婆，难道就不会意外地早死吗？这体格也太壮实了。

间宫　又不是摔跤比赛。

平山　头部剪刀脚[1]吗？

田口　那可受不了，会被压碎啊。

| 三个人开怀大笑。

---

1. 摔跤技术的一种。

10　当晚　田口家门前

| 门灯微亮——世田谷一带的住宅区。

11　从庭院望见的房间

| 灯光明亮——房间内空无一人。

12　田口家的玄关

| 田口归来。
　妻子信子（46岁）迎出来。

  信子　您回来了。
  田口　嗯，回来了。
  信子　还以为今天会很晚呢。
  田口　为什么？
  信子　你不是跟间宫先生、平山先生在一起吗？
  田口　哦，秋子也在，还有阿绫——
  信子　哦。
| 两人边说边往起居室方向走着。

13 起居室

| 二人进来,田口脱下外套,信子去拿衣架。

田口　（忽然注意到放在角落的旅行箱）哎，这是做什么？

信子　（走出来）哦，那是洋子的。

田口　她又来了？

信子　嗯，刚到——

田口　是到日高出差吗？

信子　不是，好像又闹别扭了。跟婆婆一起住，终究是相处困难啊。

田口　是跟婆婆吵架了吗？

信子　不是的，跟婆婆貌似处得还不错，但终究还是……所以说呀，这年轻人还是自己单住比较好呢。就连我也这么觉得。

田口　这不好办吧。

信子　这次可能要住上四五天哦，提包比往常的都大呢。——这两人关系能融洽吗？

田口　不融洽可怎么成哟。你不也是这样吗？

信子　（微微一笑）说是这么说。——两口子不就这样，动辄灰心丧气的？

田口　就是啊，相互理解吧。——洋子也是，应该再多点儿耐心呢。

信子　是啊。——想想看，夫妻间净是鸡毛蒜皮的小事儿。

田口　可不是，过分苛求的话也就没完没了了。

信子　要吃茶泡饭吗?

田口　不要,饱得很。

| 洗完澡的洋子(24岁)走来。

洋子　(精神饱满)呀,爸爸,您回来啦。

田口　嗯。——怎么回事儿?

洋子　(干脆地)又吵架了。

田口　三天两头吵架,都成家常便饭了。这次又为什么,原因是——

洋子　一两句也说不清楚的,总之平时堆积的不满爆发了呗。

田口　有什么不满,你不是喜欢他才嫁给他的吗?

洋子　没错,所以才更加恼火呀。

田口　恼什么?

洋子　爸爸您不用管了,我就是教训他一下。

信子　说到教训,你倒是该长点儿教训。——做事缺乏耐心呢。

洋子　得了吧。——爸爸,洗澡水不太热了,我去点上煤气。

| 说着回去了。

田口　真是个不省心的家伙。

| 不过看他的样子倒并不怎么为难。

田口　啊，对了对了（想起什么），——那个谁呀，就那个家伙——

信子　谁呀？

田口　去了大林组的那个——你朋友的弟弟——

信子　哦，阿繁，井上家的——

田口　对，就是他。——记得你说过他父亲在上诹访[1]经营一家八音盒公司？

信子　嗯，是的。——怎么了？

田口　我觉得他人不错，想把他介绍给阿绫呢——

信子　不行呀，人家已经定下来了——

田口　定下了？是媳妇吗？

信子　是啊，我还在想该送他什么贺礼呢。

田口　这样啊，那太可惜了。这下尴尬了，我都允诺做媒了呢。

信子　什么呀？

田口　我还觉得他挺合适的呢，这下糟了。——你身边还有其他人选吗……那位怎么样？池田家的接班人——

信子　那种人可不行，装腔作势的。

田口　不够格啊。——再没有了？好好想想。

信子　你说你呀，与其为别人家的姑娘操心，倒不如

---

1. 地名，位于日本长野县。

好好操心操心自己闺女吧。
田口　不过阿绫的长相真没得挑——可不想她嫁给坏小子呢。
信子　是吗?
田口　确实是个好姑娘,那么清纯。
信子　哦。跟秋子年轻那会儿相比哪个更好?
田口　啊,这个嘛,怎么说好呢,她俩气质不同吧,间宫那家伙说秋子更胜一筹呢。
信子　那你觉得哪个更好?
田口　呃,我吗?
信子　二选一的话,你会选哪个?应该还是秋子吧?我就知道呢。
田口　什么意思啊?
信子　本乡三丁目,你从前不是常去那里买药吗?按摩膏。
田口　买按摩膏的可不是我,那是间宫啊。
信子　那你买什么?
田口　我买退烧药啊。
信子　撒谎吧,你就是买按摩膏。我记得清清楚楚呢。
田口　你听谁说的?
信子　你呀。
田口　我说过那样的话吗?什么时候?
信子　那时洋子刚出生没多久。有一次你喝醉了……

田口　是吗，我真说过呀？看来我这人相当坦诚啊。

信子　是呀，不过是相比现在啰。

│洋子的弟弟和男（高中生，18岁）到来。

和男　妈妈，我肚子饿了，有什么吃的？爸爸，洗澡水一个劲儿地沸腾呢。

田口　啊，是吗？煤气关了吗？

和男　还开着呢。

田口　怎么还开着！关掉呀。——个个不省心，真拿你们没办法。

│他咕哝着走出去。

14　走廊

│田口急匆匆地往浴室方向走着。

15　丸之内大厦

│正午时分，阳光明媚。

16　间宫的公司（三和商事）走廊

│前台的女子领着秋子走来。
　她敲响常务董事办公室的门，听见回应后——

　　　女子　请。

17　室内

│秋子走进来。
　间宫坐在书桌前——

　　　间宫　（站起来迎接）呀，你来了，快请——
│间宫喜欢用烟斗吸烟。

　　　秋子　感谢您上次诸多关照，百忙之中还特意赶来……
　　　间宫　哪里哪里，来，请坐。
　　　秋子　这次过来聊表谢意……
　　　间宫　让您专程跑一趟……
　　　秋子　我已经去拜访过平山先生和田口先生了。
　　　间宫　太费心……对咯，田口没说什么吗？关于阿绫的事情——

秋子　嗯，说是对方已经定下了。

间宫　结婚对象吗？

秋子　嗯。

间宫　（笑着说）还真是一贯做派啊，这家伙。——他老早以前就是这样，三轮为此可没少操心呢，即使约好了时间他也不会准时到。——话虽如此，上次的周年忌反倒是我迟到了……

秋子　不过承蒙诸位光临，三轮定会非常欣慰……

间宫　（看看手表）夫人，要用午餐吗？

秋子　哦，这个，不用了吧。

间宫　一起出去吃点儿吧，虽然也没什么好吃的……

秋子　可是，我两点还要……

间宫　什么事儿？

秋子　这段时间，我一直在朋友的服饰学院帮忙，法国刺绣之类的……

间宫　教学吗？

秋子　嗯，不过做得不怎么好……

间宫　真是难为您了。不过时间来得及，吃完饭用我的车送您。那咱们走吧。

随后他便起身，回到书桌前，按下呼叫铃，收拾办公桌。

18 街景(吴服桥一带)

| 那里的巷弄拐角处停着间宫的轿车。
"竹川"鳗鱼店便位于此处巷弄中。

19 "竹川"店内

大厅里摆放着桌子,此外还有小客间。
客人两三位——

20 店内小客间

间宫和秋子——

>间宫　（递过啤酒）怎么样?再喝点儿……
>
>秋子　不啦,已经喝好了……
>
>间宫　是吗?（边说边往自己杯里倒啤酒）不知你注意到没有,刚才在电梯口跟我打招呼的那个人?
>
>秋子　唉,怎么了?我马马虎虎的……
>
>间宫　他个头比我略矮,头发这样稍微地披散开……
>
>秋子　是吗……我还真是粗心大意……
>
>间宫　没什么,虽说他不是那种特别引人注目的类型,但人品很好,工作方面也很干练……其实呢,上次在筑地谈及阿绫的婚事时,我立刻就想到他了,但田口那家伙一个人大包大揽的,看起来自信满满,所以我就……

秋子 （笑笑）田口先生很风趣呢……

间宫 也太有趣啰。只要有这家伙在,一切都会变得有趣起来。

秋子 不错呀,不过您刚才提及的那位……

间宫 记不太清他是哪个学校毕业的,进我们公司有四年或者五年了吧。虽然看着不那么健壮,但他可是我们篮球队的队长呢……你觉得他这样的怎么样——

秋子 听起来很不错啊。

间宫 你能否跟他见个面呢?或者先看看照片呀履历什么的……对,还是这样比较妥当。

这时女店员端来了鳗鱼饭套餐以及清汤等。

店员 让二位久等了——

间宫 回头我一并交给你。

秋子 劳烦了。

间宫 对了,你如果有阿绫的照片,给我一张。

秋子 好的——（忽然注意到间宫的烟斗）间宫先生,您一直用烟斗抽烟吗?

间宫 啊,两者皆可吧。

秋子　三轮也喜欢烟斗，我家里还有两三个呢。不嫌弃的话就请收下吧。

间宫　啊，我喜欢呢，我要了。

秋子　我也不知道好坏呢，不过是三轮去英国的时候买回来的呢。

间宫　嚄，那一准儿是好货，因为他对这类东西相当讲究的。

秋子　那我回头送给您。

间宫　呀，请务必。（随后督促用饭）夫人，请用餐吧……

秋子　那就不客气了。

于是两人开始吃饭。

21　当晚　间宫家　走廊

间宫的女儿路子（18岁）端着盛有水杯的托盘，从厨房方向走来。

22　起居室

间宫在看晚报，他的老婆文子（42岁）在吃餐后水果，路子的弟弟忠雄（7岁）正趴着翻看一本漫画书。

路子　给，爸爸。

间宫　哦。

| 接过水杯，吃药。

路子　我觉得蛮不错的。

文子　什么？

路子　很优秀呢，那位后藤先生——

间宫　你确定？

路子　确定，百分百错不了呢。是我的话二话不说就嫁他了。

间宫　（对文子）他是哪个学校毕业的？

路子　早稻田呢，政经专业——（接着唱起歌来）蔚蓝的天空[1]……

间宫　（问文子）他老家是哪里？

路子　伏见呀，开酒铺的，酿造世家。嗒——啦啦，啦——哩啦，啦——啦……

文子　吵死了，你多少安静会儿吧。

间宫　上那边去。

路子　真多事儿。

文子　去吧。

| 路子站起身来，继续哼着助威歌走了出去。

---

1. 早稻田大学校歌《蔚蓝的天空》。

文子　（对忠雄）阿忠，你也上二楼去。走吧。

> 忠雄不声不响地起身，来到桌子边，默默地拿起水果，随后，"早稻田，早稻田，早稻田……"唱着歌儿走了。

文子　我说，跟咱们往来的这些人当中，后藤算是最优秀的吧？

间宫　我也这么认为。我邀请他过来，你出面跟他好好聊聊，跟他要一下照片和履历。

文子　嗯，没问题。——不过，这绫子要是出嫁了，秋子怎么办呢，一个人孤零零的……

间宫　车到山前必有路啊。不想办法可是不行呢。

文子　秋子她还是那么漂亮？

间宫　噢，真漂亮呢。不过，我更倾向阿绫那种，清纯可人——

文子　是吗？

间宫　不过，田口那家伙说秋子更有味道呢。

文子　话说回来，你不是也喜欢她那一款吗？

间宫　谁呀？

文子　秋子呗。

间宫　开什么玩笑。才不是我呢,那是田口,他可是很久以前就喜欢她。

文子　是吗?那你不喜欢她吗?

间宫　我嘛,并没有……

文子　哦。那么,你买的什么药啊?

间宫　说什么?

文子　药呀。

间宫　说谁?

文子　还会有谁,就你呗。按摩膏?感冒药?哪个是你买的?

间宫　(哭笑不得)这么蠢的话你是听谁说的?

文子　(冷笑不语)……

间宫　田口太太,对吧?

文子　我总算明白你为什么不感冒了,因为直到现在安替比林的药效还在呢。

说完她便起身往厨房走去。
间宫哭笑不得,目送着她离开,然后看晚报。

23 当晚 郊外公寓 走廊

| 秋子归来走进自家。

24 室内

| 秋子进入屋内。

   秋子 我回来了。

25　隔壁房间

| 洗碗池边，绫子正在清洗餐后的碗筷等东西。

　　　　绫子　您回来了。
| 说话间便迎了出来。

26　对面房间

| 绫子一边擦着手一边走来。

　　　　绫子　妈妈，要吃饭吗？
　　　　秋子　我吃过了，荣请客。
　　　　绫子　刚才我还一直等着您呢……
　　　　秋子　哦。我在迈阿密店买了些糕点。
　　　　绫子　这就吃吗？
　　　　秋子　不了，我过会儿再吃吧。今天可是累坏了，东奔西跑了一天。——田口先生提的亲事，够呛了。
　　　　绫子　（满不在乎地）哦，为什么？
　　　　秋子　说是人家都定下了。
　　　　绫子　怪讨厌的。（说着笑了）很像那位叔叔的风格呢。
　　　　秋子　确实呢。（笑着）——不过，还有另外一桩呢。

绫子　还有一位？（边说边解着点心盒的束带）突然就成了紧俏商品啊。这回又是哪里的？

秋子　间宫先生介绍的。貌似不错呢，是他公司的职员。

绫子　哦。

秋子　说过几天把照片和履历送来。

绫子　我去烧上水。

| 说着起身走了。

秋子　（盯着她的背影）那个人吧，间宫先生很是夸奖了一通呢，似乎很有才干。他说在筑地那会儿就想介绍他的——他还说想要你的照片呢。

27　隔壁房间

| 绫子一边点着煤气一边跟秋子说话——

绫子　我说妈妈——

| 秋子站在两个房间的连接处。

秋子　什么事儿？

绫子　这桩事儿不如回绝了。

秋子　为什么？

绫子　收了照片和履历，再回绝就不好了，我的照片也别给他们。——要喝红茶吗？

秋子　好的。

| 绫子折回刚才的房间，秋子也紧随其后。

28　刚才的房间

| 绫子从橱柜里取出红茶的茶罐。

秋子　你是不是喜欢上谁了？

绫子　怎么会呀，没有的事儿。

秋子　既然这样，不如考虑一下吧？——大家都为你的事情操心不少呢，要心存感谢。

绫子　你不说我也懂的。不过我觉得现在这样就好。

秋子　可是——

绫子　再说吧。我现在还不想嫁人呢。

秋子　怎么会不想嫁人？——过来坐会儿吧。

绫子　（坐下）干吗？

秋子　真相到底如何？

绫子　什么呀？

秋子　当真没有喜欢的人吗?

绫子　有的话就跟妈妈讲了，这种事情我才不会藏着掖着的。

秋子　那就好……

绫子　暂时呢，我还不想改变现状。总之，那桩事先回绝了。

秋子　可是，这样行吗……

绫子　当然行啰，放心吧。咱俩就和和美美地过日子吧。（拉着秋子的手摇着）——呀，水烧开了。

说着起身，姑且去了隔壁房间，又立刻探身出来。

绫子　不过，妈妈，如果我真有了意中人就另当别论啰。春天还是长点儿好呢。

然后笑着缩回头去。

被绫子感染，秋子不由得微笑起来，随后又低头思考。房间里传来绫子的哼唱声。

29　桑田服饰学院的外景

郊外的新开发区域——

30　那里的走廊

| 正值上课时间，走廊上静悄悄的。

31　那里的教室

| 法国刺绣课的授课时间，黑板上画着解说图，秋子在学生间巡视。

　　　秋子　哎，稍停——
| 说着她拿过学生的刺绣框，示范刺绣给学生看。

　　　秋子　要这样。
| 随后递回，接着又依次仔细看。
　下课钟声（八音盒的乐声）响起。

　　　秋子　好了，就上到这里。有不懂的地方，请随时问我。下课——

| 她点头致意，然后走出去。

32　走廊

| 秋子向教职员办公室方向走去。

33　教职员办公室

| 秋子和其他老师们回来。
　桑田荣（45岁）在看账簿之类的文件——

　　　荣　（对秋子）辛苦了。上完课了？
　　秋子　是的。
　　　荣　那你来一下——
| 说话间以目示意,并起身向院长室方向走去。秋子跟在她身后。

34　院长室

| 狭小的房间内安放着宽大的书桌。荣的丈夫,院长种吉（56岁）在等着她俩。
　种吉看上去是一位成熟时髦的男士。看见两人走来,便起身相迎。

种吉　（对秋子）呀，辛苦了。快请坐，请。

于是三人围桌而坐——

种吉　（问荣）你都说了吗？

荣　　没呢，还没说——

种吉　那就说吧。

荣　　还是你来说吧。

种吉　好吧，那我就说了。那个，秋子——

说着起身，从皮包里拿来一张照片。

种吉　（给秋子看照片）看看这个人，觉得怎么样——

秋子　这谁呀？

种吉　是这样的，介绍给你家姑娘，你看如何……

荣　　（对秋子）不过，你有没有觉得这人的鼻子有点歪？

种吉　哦，那不过是照片而已，光线的问题。

秋子　可是……

种吉　怎么了？

秋子　难得二位一番美意，可绫子说，她还不想嫁人呢。

种吉　不过……

荣　　反正这位是不行的——

种吉　可是，条件真不错啊，名门子弟。

荣　比起家世更重要的是人品。我昨晚不也这么说过吗？

种吉　真是可惜呀。

荣　有什么可惜的，这样的从一开始就该淘汰掉。对吧——

秋子　怎么会，没那回事儿。话说前不久，绫子还回绝了三轮的朋友给介绍的对象呢。

荣　为什么？

秋子　说是暂时还不考虑。

荣　是吗？——不过，其实你也不舍得让她出嫁，对不对？

秋子　不是啊……

荣　但是女大不中留啊。磨磨蹭蹭下去，没准儿抓住个性情古怪的呢。（看看种吉）不过我是个例外。

种吉　（夸张地）哈哈，哈哈哈哈哈。

他笑着起身，把照片收好。

敲门声响起，女事务员随后进来。

事务员　打扰一下，有三轮老师的电话——

种吉　电话？哦，接到这边来吧。

事务员　好的。

|说完退出去。

  种吉 （取下话筒）请吧,秋子……
  秋子 谢谢。
|她起身过去,接电话。

  秋子 喂,啊,阿绫?……嗯,我……嗯……可以的。——几点?……嗯,没问题。

35 绫子所在公司（东兴商事）

|绫子在打电话。

  绫子 那,就在和光的拐角处见。……嗯……那我早点儿出发,顺便去趟叔叔那里,然后再过去。……嗯……嗯……那就这样。
|说完挂断电话回到自己座位上。
邻桌是同事佐佐木百合子（25岁）。

  百合子 对了,石井也说请不下假来,他连地图都买好了。
  绫子 为什么?

百合子　还不是因为那边的科长不好说话吗。

绫子　那就是七个人啰？

百合子　是的。——哎，我想买双登山鞋，下了班陪我去吧。

绫子　今天不行，我有约了。

百合子　欸？跟男朋友约会吗？你也开始了？

绫子　骗你的，跟我妈妈呢。

百合子　怎么这样啊，真没意思，太差劲了。

随后继续工作。

36　间宫的公司　走廊

手持文件的事务员走了过去。
前台的女子带着绫子走来。
敲了敲常务董事办公室的门，听见回应后——

　　女子　请吧——

37　室内

间宫迎接绫子——

间宫　呀,欢迎。

绫子　您好。——我把烟斗带来了。

间宫　烟斗?——哦,想起来了,谢谢。

绫子正要从手提包里拿出烟斗,这时响起了敲门声。

间宫　请进。

办事员后藤庄太郎(31岁)走了进来。

间宫　有什么事儿?

后藤　(出示文件)这个请您过目——

间宫"嗯"了一声接过文件,浏览起来。

间宫　哦,这样就行。刚才那份再给我看一下吧。

后藤　好的。

随后正要返回——

间宫　对了,你等等——

后藤　嗯?

间宫　就是这位小姐哟,拒绝你的那位。

后藤　(惊讶地看过去,然后苦笑道)是这样啊。

间宫　阿绫,你甩掉的,就是眼前这位。

绫子难堪地点点头。

  后藤 我叫后藤。先告辞了。

然后便转身离去。

  绫子 不要这样吧，叔叔。
  间宫 怎么啦？
  绫子 好过分哦，说那番话。
  间宫 可是本就如此呀，不是吗？
  绫子 不过……
  间宫 那么，重来一次，怎么样？
  绫子 才不要呢。——给，烟斗。

说着放下烟斗走出去。

  间宫 喂，喂，阿绫——

38 走廊

绫子脚步匆匆地往回走，后藤从一旁的办公室出来。

  后藤 是你——

绫子点头致意。

> 后藤　听说你在东兴商事上班呢。
> 绫子　是的。
> 后藤　你们那里有个叫杉山的会计吧？我们是同学。还请代为问候。
> 绫子　好的。
> 后藤　那失礼了——

于是两人各自离去，后藤进了常务董事室。
绫子也回去了。

39　银座的一条巷弄

周遭夜景——那里有一间雅致干净的猪排店"皋月"。

40　"皋月"店内

已经过了吃饭时间，柜台前稀稀拉拉坐着几位客人。
在角落的餐桌边坐着秋子和绫子——桌上放着一瓶啤酒，两人就快吃好了。

秋子　（吃完）啊，吃撑了——

绫子　啤酒还剩着呢。

秋子　哦，是啊，浪费可耻，还是喝了吧。——（说着把瓶中酒倒进杯子）没了吧？（然后一口气喝光杯中酒）不过，说真的，等你出嫁了，就不能做这种事情了。

绫子　当然能啊。我暂时也不嫁人——

秋子　不过，早晚要嫁的……希望我们能趁现在，起码一个月一次吧，两个人一起四处逛逛，吃点儿好吃的。

绫子　（放下筷子）我吃好了。——那就这么定了，两个月一次也成。

秋子　对。（笑着说）三个月一次也行吧。

绫子　今天我买单。

秋子　不必了。你郊游的钱会不够的，还要买各种东西。

绫子　没事的，我都考虑在内。

秋子　话说，这个主意真不赖呢，用郊游的方式替代结婚欢送会。——妈妈那个年代是怎么都想不到的。

绫子　因为那两人都喜欢爬山，所以才会想到呢。

秋子　这是百合的提议吧？——还是要当心，别像刚才看的电影里那样，跌落山谷里……

绫子　这怎么可能呢，那么轻松舒适的地方。

秋子　那就好……（转换话题）你不是还要买东西吗？咱这就走吧。

绫子　妈妈要买缝纫机针是吧？

秋子　还有一样，带"鳕"字的东西。

绫子　（情不自禁地大声道）啊，是鳕鱼子——？

秋子　（瞪她一眼，然后对店员）那个，麻烦一下，买单——

"好的。"

绫子　妈妈，还是我来付吧。

秋子　不用了，下次你再付。

这时女服务员过来结账。

41　当晚　公寓　走廊

秋子和绫子拎着购物包归来。开门。

42　室内

| 两人进屋。

   绫子　妈妈，累了吧？
   秋子　有点儿，不过很开心。
| 说着面向矮脚餐桌坐了下来。

   绫子　啊，忘了。
   秋子　什么？
   绫子　（一边打开包裹）速溶汤料。不管了，会有人带
      的吧。
   秋子　呃……家里的已经用完了吗？
| 绫子去往隔壁房间。

43　邻室

| 绫子拿起厨房搁板上的罐子打开看了看。

   绫子　只剩三袋。
| 随后放回原处返回。

44　刚才那个房间

|绫子返回——

秋子　你有些古怪行径还真像你爸爸呀。

绫子　什么地方？

秋子　每逢外出，无论什么，大大小小的你都想准备齐全。你爸爸也是这样，不过是去泡个温泉，连浮石都要带上。

绫子　哦，就是那个磨脚底的浮石吧，我记得呢。——哎，妈妈，好想去泡一次温泉啊。

秋子　（点头）你还记得不？去修善寺温泉那次，旅馆的大池子里有那么多鲤鱼。

绫子　哦，我还喂它们黄油花生米，它们嘴巴一张一合的，喂多少吃多少——

秋子　第二天早上一看，那些鲤鱼翻着白肚皮浮在水面上——

绫子　我当时真吓坏了，爸爸反倒开心大笑……

秋子　——不过，那是最后一次跟爸爸旅行吧……枫树嫩叶漂亮极了……

绫子　干脆，咱们存点儿钱去哪儿旅行吧？

秋子　去哪儿好呢？

绫子　买那种环游票就能到处逛呢,顺便去趟伊香保的伯父那里……

秋子　说得对,那就去一次吧。待你出嫁了,这种事情也做不成了……

绫子　妈妈张嘴闭嘴都是结婚嫁人,您就这么眼巴巴地盼着我嫁掉吗?

秋子　可是,迟早要嫁的……

绫子　我不嫁,才不嫁呢,一直这样就挺好的呀。——不过,妈妈,如果我遇上喜欢的人……您怎么办?

秋子　能怎么办?

绫子　不孤单吗?

秋子　即使孤单,也没有办法呀,只好忍着呗。——你外婆,肯定也是这般忍耐过来的。父母子女,历来如此呀……

| 沉默片刻——

绫子　妈妈,该睡觉了吧。

秋子　是啊,明天还要早起呢。——啊,今天真开心……

| 然而,两个人谁都不舍得起身。

45 高原上的道路

远远望去,山脊连绵,东兴商事的一群年轻人,有杉山常男(31岁)、绫子、百合子,此外,还有服部进(32岁)、高松重子(25岁)等总共七人。每个人都背着登山包,精神抖擞地走着。不时传来令人振奋的歌声——

46　当晚　山上小屋

│一扇扇窗户映着灯光——

47　那座小屋内

│屋内是在此过夜的年轻人。他们有的在打麻将，有的在写明信片——
百合子与服部，还有 A 和 B 正围坐着打麻将。

百合子　（摸一张）哈，听牌——

　　A　听牌？这么快啊。

　服部　这张，是你出过的吧？

百合子　是啊。

　服部　那就出它。

百合子　嘿，就它，立直，对倒加宝牌[1]一张，384 呦——

　　B　喂，别拿走呀，人家可是新郎官呢。

百合子　该拿就拿，上次可都给他贺礼了，对吧？

　服部　也不嫌沉，竟然带这么累人的玩意儿来。

　　A　（冲另一方向）太太，你相公正难过呢。

│房间另外一边——放有一张上下床，绫子、杉山还有重子正写着明信片。

---

1. 指麻将规则中有增加得分、番数等收益作用的一种牌。

重子 （回看一眼）是吗？你们别太难为他了。

杉山 （抬头对重子说）哎，我不是说过吗，你已经颇具太太风范了。

重子 （不理他，对绫子说）"爽朗"的"爽"，汉字怎么写？

杉山 他才不爽朗呢，黏黏糊糊的，你老公。

绫子 "爽朗"的汉字啊，怎么写呢……

重子 算了，我已经用假名了。

| 随后继续写明信片。

杉山 （抬起头来）喂，三轮君，听说你拒绝了后藤——

绫子 （仰起脸）你说谁？

杉山 三和商事的后藤啊。昨晚我们在新宿的"托里斯"酒吧一起喝酒，他说被你给甩了。

绫子 才不是呢，我可没甩他呢。

杉山 他人很不错呢，可别甩了人家。

绫子 不是呢，我都说了我没有甩他。

重子 什么事儿，你俩在说什么？

杉山 没你的事儿，你就闭上嘴巴想你老公吧。（对绫子）为什么要拒绝那么优秀的一个人呢？

绫子　……

　　杉山　不如我重新介绍吧？

　　绫子　不必了。

　　杉山　我来介绍哦，不要拒绝呀。

绫子不吭声，只管写着明信片。
杉山见她如此，也继续写了起来。

48　大楼（东兴商事）的窗户

沐浴着明媚的阳光——

49　办公室

正在工作的百合子和绫子——

　　绫子　（看了看手表，对百合子说）哎，差不多了。

百合子点点头，停下手头工作和绫子一起出去。

50　走廊

两人出来，步履匆匆地走向楼顶——

51　楼顶

| 两人到来。

　　百合子　火车上一定有许多新婚夫妇吧,据说今天是黄道吉日。——车厢里的重子会是什么样呢?
　　绫子　他们俩是面对面坐着,还是并排坐呢?
　　百合子　喜欢怎么坐就怎么坐呗!熊玩意儿,一定要加油啊。——啊,来了!来了!
| 于是两个人挥舞着手臂。

52　下方的高架线路

| 下行的湘南电车飞奔而过。

53　屋顶

| 两个人挥舞着的手臂渐渐地没了力气。

　　百合子　什么呀,重子这家伙,不是说要从窗口挥舞花束吗……
　　绫子　也许是她忘了吧。

百合子　不可能忘记的,都说到那份儿上……
绫子　那就是难为情吧。
百合子　可是,今天的喜筵,理应邀请咱们参加的呀。不,绝对该邀请的。
绫子　我们的曾经,都被她抛在脑后了。
百合子　可是,咱们本是一起进的公司,又那么要好……

绫子 ——当初的一群人，慢慢地都走远了。

百合子 这么说来结婚也真没劲。——男人也同样如此吗？

绫子 谁知道呢……

百合子 如果我们的友情只是结婚前的昙花一现，那太无聊啦。没劲呢。

绫子 ——说得是啊……

百合子 哼，全都是骗人的！

说着把脚下的什么东西踢飞了。

54　数日后　黄昏时分的银座

街头霓虹灯闪烁。

55　高尔夫用品店内

间宫挥着高尔夫球棒。
店员拿来一个包着球盒的纸包。

店员 让您久等了——

间宫 哦。

店员 明天星期天，看样子是个好天气。

间宫 那最好不过。再见——

店员　感谢惠顾。
|间宫离开。

56　店外

|间宫走出来,穿过马路,走进前面的咖啡馆。

57　咖啡馆内

|间宫在角落的位置上坐下来。

　　服务生　欢迎光临。
　　间宫　哦,拿杯水来。——再上一杯咖啡。
|服务生离开后,间宫从口袋里掏出药片,忽然眼睛一亮——
　只见对面的座位上,绫子和杉山正说着话。
　间宫欣慰地看着眼前的情景——
　这时,像是刚从洗手间出来的后藤返回绫子这桌。

　　后藤　呀,让二位久等了——
|于是,三人起身要走,迎面撞上间宫。

　　绫子　啊呀——
　　间宫　哈……

后藤　呀——

| 马上鞠躬致礼。

间宫　想不到会在这里遇见你们。

后藤　这个……

间宫　（对绫子）阿绫，你们去哪儿了？

绫子　呃，看电影……

间宫　电影啊……（问后藤）怎么样？不再坐会儿？

后藤　是，不过……

间宫　那位（杉山）也一起坐坐吧。

后藤　是，但是……

间宫　还要去哪里吗？

后藤　不，我这就回去。（对绫子）再见。（对间宫）失礼了。

| 随后他便匆忙离去，杉山也一起走了。

间宫　你确定不跟他们一起走吗？

绫子　嗯。

间宫　那就坐会儿吧。

绫子　好的。

| 这时，服务生说着"让您久等了"，端来了水和咖啡。

间宫　喝点什么吧？

绫子　不用了——

| 服务生刚离开。

间宫　（笑眯眯的）这究竟是怎么回事儿？
绫子　您指什么？
间宫　还能有什么，你跟后藤的事儿呗。
绫子　今天是第一次见他。呃，是跟他一起走的那位介绍的。
间宫　要说介绍也是我先介绍的吧。
绫子　可是……
间宫　可是什么？
绫子　那位杉山先生是我公司的同事，他和后藤先生是朋友。所以杉山先生……
间宫　杉山先生怎么样都成啊。你意下如何呢？
绫子　什么？
间宫　后藤呗。
绫子　我跟后藤先生今天才初次见面……
间宫　刚才听你说过了。
绫子　讨厌！叔叔您出我洋相！
间宫　不是出你洋相呢。我是认真的。怎么样，后藤不错吧，还满意吧？说说看，怎么样？
绫子　——我不太清楚。

间宫　不清楚？真的吗？

绫子　（难为情地）不知道。

间宫　不知道啊，是吗，这就麻烦了。——不如换个说法吧。比方说，后藤人很不错，你也很中意他，这样一来，事情不就简单了？

绫子　所谓简单——？

间宫　那就结婚呗。

绫子　不要。

间宫　不要？不喜欢吗？

绫子　叔叔，打个比方哦，如果我有了喜欢的人，却因为种种原因不能跟他结婚，就不会有这种情形吗？

间宫　是吗？那是怎样一种情形？——比如经济条件之类的……

绫子　也有这种情形，不过……

间宫　另外还有什么？

绫子　比如像我这样的，跟妈妈相依为命……

间宫　这个问题嘛，那你……如果是这样考量的话，你岂非永远都不能嫁人了？

绫子　无所谓咯。那便不嫁！

间宫　那可不行哦。这女人啊……

绫子　叔叔，我想把恋爱和结婚分开考虑。

间宫　嗬，你想说什么呢？

绫子　怎么说好呢？是这样……

间宫　也就是说用情不专也不打紧啰？

绫子　我可没有那么龌龊的想法。

间宫　哦，是吗，那是我唐突了——

绫子　我的意思是，跟喜欢的人结婚自然再好不过。如果不能在一起，我也不认为那就是不幸，尽管如此，我依然会很快乐呢。世上这种情况不是很多吗？

间宫　倒也是，可你不会觉得孤单吗？

绫子　不会孤单的，这世道早已不是叔叔您年轻那会儿了。

间宫　话虽如此，也不尽然吧……

绫子　在我看来，只要跟妈妈两个人一起生活我就很快乐。我很知足，一直这样就好。

间宫　你相当爱你妈妈啊。

绫子　或许是吧，不过我们也经常吵架呢。

间宫　那也是爱的佐证哦。如果关系不够亲密，母女间哪会吵架啊。

绫子　或许真是这样吧。

间宫　没错呢，本就如此。——你们俩呀，妈妈是慈爱的妈妈，你也是孝顺的孩子。

58　高尔夫球场

| 风光明媚。

59　俱乐部会所

| 看台上坐着田口、间宫、
平山三人——

田口　唉,如今的年轻人都很有主见啊。当然其中也有些怪脾气的家伙。

平山　不过,那也是可以理解的。

田口　什么?

平山　恋爱和结婚分别考虑啊。

间宫　这正说明世道越发艰难啰。

田口　这是不是意味着,阿绫喜欢那个男人?

间宫　唔,我看是这样的。她反复解释说他俩是头一次见面,但我总觉得已经是第二次或第三次了。

平山　那么,那位杉山先生是做什么的?

间宫　哦,他不相干的。

平山　那问题还是出在她妈妈身上。

间宫　是的啊。

田口　那就分开办嘛。

间宫　怎么办?

田口　先让她妈妈结婚呀。

间宫　再婚吗?

田口　没错哟,然后再嫁女儿。两个人全部嫁出去。

间宫　有把握吗?

田口　没问题。就看怎么说了。

平山　没准儿真是个好主意呢。

间宫　若能成功，那真是再好不过。
田口　没问题，肯定能行。秋子那么漂亮，人见人爱呢。
间宫　那你去见见秋子吧，探探她有没有再婚的意思……
田口　我去吗……
间宫　是啊，不是你提出来的吗？
平山　舍你其谁。
间宫　试试看呗。
田口　那，我就勉为其难啰。
平山　去吧去吧。
田口　可是没有对象人选啊。
间宫　这个嘛……平山怎么样？
平山　我？
田口　对啊，没准儿真是个好主意呢。
平山　开什么玩笑，这可使不得。我不同意呢。再怎样都不能娶老友三轮的妻子……
田口　现成的美事儿，就别那么死脑筋……
平山　才不干呢，我不同意。太不道德了……
间宫　哪儿有不道德啊，一个鳏夫一个寡妇。
平山　理是这么个理儿，但我就是不干，坚决不干。你歇着吧。
田口　是吗？那没办法了。

间宫　（对田口）那你只去探探口气总可以吧？

田口　那就这么着吧。

平山　喂，无论如何也不能打着我的旗号，记住了。

田口　不知好歹的家伙，你说你为什么会鳏居至今，这不明摆着吗？

间宫　哎，简直不可理喻。真想跟你换换呢。

田口　谁说不是，巴不得替代你呢。

说着便笑起来。话说到这份儿上，平山心里似乎也荡起一丝涟漪。

60　当晚　平山家　玄关

平山归来。总觉得他心事重重。
家政妇富泽（45岁）迎接他。

富泽　您回来啦。

平山　嗯。

儿子幸一（21岁）闻声出来。

幸一　您回来啦。

平山　哦，你在家啊。

随后走进里屋。

61　起居间

| 三个人到来。

  富泽　先生，要用晚饭吗？
  平山　哦，我吃过了。（对幸一）你呢？
  幸一　我可等不到这时候，早就吃了。
  平山　哦。
| 富泽离开。

  幸一　今天成绩怎么样——打中没有？
  平山　还行吧……（然后叹息一声）唉……
  幸一　这又怎么啦？
  平山　没什么——
  幸一　怎么唉声叹气的？
  平山　唉……
  幸一　到底有什么心事呀？
  平山　啊，真不知如何是好呢，你怎么看？
  幸一　什么事情？
  平山　有人问要不要娶老婆，我给回绝了呢。
  幸一　给我娶吗？

平山　不，是爸爸。

幸一　爸爸要娶啊。

平山　唔。

幸一　女方是谁？

平山　呃，对方是谁姑且不论，你怎么想的？

幸一　至于我怎么想的，那要看对方是谁啰。我认识她吗？

平山　嗯。

幸一　是谁呀？不妨说说看，别瞒着我。

平山　哪儿有瞒着你呢。

幸一　那她是谁？您倒是说呀。

平山　呃……你知道三轮阿姨吧？

幸一　喔，是她，好得很啊。是她的话就没问题了。

平山　是吗？合适吗？

幸一　合适。爸爸回绝她了？

平山　唔，算是吧。

幸一　傻了吧。这种好事怎能回绝呢！

平山　是吗？

幸一　是啊。

平山　那你是赞成了？

幸一　当然赞成。爸爸，其实我之前就觉得，您该早点儿续弦呢。

平山　嗬，为什么？

辛一　您想啊，我早晚要结婚吧，到时候爸爸若还是孤身一人，就会跟我一起住吧，多别扭啊。我老婆也太可怜咯。

平山　混账——

辛一　话说回来，爸爸也不想那样嘛。所以您赶快娶了三轮阿姨吧——机会难得呀。

平山　机会？

辛一　不过人家当真愿意吗？

平山　啊，这还不知道。

辛一　什么呀，还不知道啊。自信一点儿，自信——

平山　唔，你也赞成啊……

辛一　嗯，赞成，举双手赞成。

平山　知道啦……

| 随后他站起身去了隔壁，脱掉外套，下意识地伸展手臂做起了体操。

辛一　爸爸，怎么突然间精神抖擞？

平山　呃？

| 他回过头来，故意敲着肩膀，支吾两声搪塞过去。

62　间宫的公司　走廊

前台的女子领着平山走来。
她敲了敲常务董事室的门,听见回应后——

  女子　请吧。

63　室内

间宫目光迎着他。

  间宫　唷,怎么有空过来?
  平山　没什么,顺便过来——今天也是个好天儿啊。
  间宫　是啊,最近一直这样。
  平山　嗯,一直好着呢。对了,昨晚地震了。
  间宫　是吗?我没感觉到啊。
  平山　摇晃了两下,不过很轻微。
  间宫　什么事儿?你今天来,所为何事?
  平山　啊,就是上次说的那件事儿。
  间宫　什么?
  平山　你忘了?在高尔夫球场。
  间宫　哦,是关于学生就职的事吗?
  平山　不是,咱们在俱乐部说的话。

间宫　说什么了？

平山　三轮夫人的事呢。

间宫　哦，你是不是物色到合适人选了？候选人——

平山　唔，怎么说呢……我又认真考虑了一番。

间宫　考虑什么？

平山　唉，当时还是你提议的，我家那小子很赞成。

间宫　提议什么？

平山　你装什么糊涂！

间宫　哪有，我压根儿不记得。

平山　别捉弄我了。——哎，说正经的，田口已经去过她那里了吧？

间宫　这个嘛……不过，当时你不是根本没兴趣吗？

平山　唔，是啊。此一时彼一时嘛，一个人生活总归不太方便。

间宫　不方便吗？不是有家政妇吗？

平山　有是有啊，可总觉得还有许多事情……

间宫　是不是干着急搔不到痒处啊？

平山　差不多吧。

间宫　也就是说，你突然觉得哪里痒了吧。

平山　算是吧。

间宫　虽然不晓得你哪里痒……那么，你想怎么办吧？

平山　所以，也就是说，你看，你能不能出面，大概意思，跟对方——

间宫　这事儿田口来办不好吗？

平山　不行，那家伙说话口没遮拦的。我还是想拜托你。

间宫　我行吗？

平山　非你莫属。辛苦一下吧。

间宫　那好吧……

| 随后他起身去打电话。

间宫　请找日东电机的田口先生——

平山　田口那边不会出岔子吧？

间宫　放心吧，本来就说好由他出面。

平山　不过，即使那家伙去谈——

间宫　你担心他会坏事儿吗——（电话似乎接通了）啊，喂，什么？田口先生出去了？（放下话筒）他不在呢。

| 说着折返回去——

间宫　我回头好好叮嘱他。

平山　哦，尽快吧。

间宫　心痒难禁吗？

平山　呀，不管多大年纪，这种事情都怪难为情的。

| "哈哈哈哈！"他解嘲般地笑了起来。

64 夜晚 西银座的"月神"酒吧

| 酒吧招牌——

65　酒吧内

间宫一个人在吧台前喝着酒。
在女服务员"欢迎光临"的招呼声中，他回头看去，田口来了。

田口　平山呢？

间宫　还没来。你去过了？

田口　嗯。

间宫　情况如何？

田口　事情悬了。——喂，给我也来杯威士忌，兑水的。

女子　好的。

间宫　我还要这个，再来一杯。

女子　好的。

间宫　什么意思？怎么悬了？

田口　压根儿不行呀。人家说了，完全没有再婚的想法。从头至尾，她都在念叨死去的老公。

间宫　哦，那你有没有说起阿绫和后藤的事情？

田口　嗯，那个说了。

间宫　她怎么说的？

田口　她说"是吗"，笑着说的。

间宫　哦。——那平山这桩事呢？

田口　哪还能再张口嘛。简直就像专门去听三轮的爱情故事一样。我都陪着她掉了好几滴眼泪呢。

间宫　那就是没提平山啰？

田口　嗯，没有。

随着一声"久等了"，店员端来两人要的酒。

间宫　平山可是认真的。

田口　不过，嫁给平山的话，还是太可惜了。——一如既往，美不胜收。她那潸然泪下的模样，真想让你看看呢。

间宫　是吗？

田口　"海棠带雨点点愁"，说的就是她那番俏模样吧。而且，她还给我削苹果吃呢，用那双葱白的玉手……

间宫　那，你吃了吗？

田口　嗯，吃了，味道好极了。（从衣兜里拿出烟斗）还给了我这个。

间宫　你究竟是去做什么？

田口　我去做什么……

间宫　怎么跟平山交代？平山——

田口　哎，这也没办法啊，先放一放吧。

间宫　可那家伙着急得很哪。

田口　干着急也没辙呀。那，你就跟他说，哪儿痒痒就抹点儿曼秀雷敦药膏吧。

间宫　唉，先缓缓再说吧——

田口　随他去随他去吧。

"欢迎光临——"传来女服务员迎客的招呼声。

间宫　（看了一眼）来了来了，他来了。

平山走来。

平山　哟。

田口　噢。

平山　我有事儿来晚了。

说着并排坐下。
两个人沉默不语。
平山有点儿坐不住。

间宫　（过了片刻）喂，喝什么？

平山　哦，什么都行啊。

间宫　哦。

然后又冷场了。

平山越发不自在了，于是伸手去取田口面前的花生米。

间宫　我这儿也有呢。

说着把自己面前那份递给他。

平山　田口，那件事情，你去办了吗？

田口　嗯，去是去了……

平山　你帮我提了吗？

田口　嗯，提也提了……

平山　结果如何？

田口　（停顿片刻，然后自言自语般）——哎，这事须得从长计议……

平山　——？

间宫　（这位也自言自语般）唔，从长计议啊……

平山　——？

平山垂头丧气地吃着花生米。

间宫和田口，不约而同地用烟斗蹭了蹭鼻油。

66　星期天下午　间宫家　走廊

笼子里的金丝雀婉转啼鸣。

67 起居间

| 田口的太太信子来了,正与间官的太太聊天。

> 文子 是吗,可怜的平山先生呀。
> 信子 就是呀,拿人家当幌子,两个人正偷着乐呢。
> 文子 真不厚道啊,我家的还有你家那位。

信子　不过你家先生还算不错呢。我家那位，前几天竟然对我说："我要是死了，你会再婚吗？"我说一次就够了，再也不想了，没想到人家说："是吗，我可要再婚的。"我就问他跟谁，你猜怎么着，他竟厚颜无耻地说："那当然是跟秋子啰。"

文子　是吗，我家那位肯定也是同样的心思。

信子　长得漂亮就是划算呀。

文子　可不是吗，真羡慕她。

信子　再说了，秋子那边，突然跟人家提议再婚的事情，人家也不好一口应允吧。换成我也不会说的。

文子　我也一样呢。即使有那份心思也不好说出口呀。

信子　就是，表达方式愚不可及。

文子　就是。

| 说着两人都笑了。这时路子一身外出的装束走来。

路子　妈妈，我出去一下。

信子　路子，约会吗？

路子　是啊。去看傍晚开始的夜场比赛。还是阿姨有见识。

| 说完离去。

文子　现在的孩子真叫人头疼啊。

信子　我家那个更不省心呢。还是我们那时好啊，充其量也就憧憬个少女歌剧之类的——

文子　是啊，像《我的巴黎》啦，《堇菜花开时节》呀……

信子　现在都是什么乱七八糟的呀，摇摆舞啦，普雷斯利[1]啦……就连插花都流行用在白铁皮上刷油漆的那种花器呢。

文子　确实呢——

于是两人又笑起来。

这时间宫走来。

间宫　欢迎。

文子　哎，刚刚我俩还在说三轮家姑娘的事情呢。

间宫　哦。

文子　是不是女儿先定下来更好一些呢？

信子　也犯不着因为这件事情便连秋子的再婚都要操心吧。

间宫　哎呀，那可是你家老公提出来的呢。

信子　这样啊，不过，我家那个可是说了，是间宫先生您带的头呢。

---

1. 埃尔维斯·普雷斯利（Elvis Presley，1935—1977），美国摇滚歌手、演员，绰号"猫王"。

间宫　那可不对，就是田口呢。

文子　是谁，到底是谁啊……

间宫　自然是田口啰。

信子　他还说了，说您觉得秋子潸然泪下的样子非常美呢。

间宫　他竟然说过这些话？简直坏透了，完全是颠倒黑白。那看来，苹果也是我吃的啦？

信子　是呀。

文子　您还说好吃极了。

间宫　一派胡言。那，不管怎样，先解决阿绫的亲事吧，我听从二位的高见。

文子　应当应分的。（然后对信子）是吧？

信子　就是呢。

间宫　哎，好烦啊……

┃随后便出去了。
　信子和文子对视一眼，窃笑不止。

68　巷子里　"竹川"鳗鱼店

┃绫子走来。
　然后进入"竹川"鳗鱼店。

69　店内

"欢迎光临——"女店员招呼着迎上前来。

绫子　请问，间宫先生——
女店员　哦，他正等着您呢。

70　客间

正喝着啤酒的间宫——

间宫　啊，阿绫，这边。

绫子走过来。

间宫　上来坐吧。
绫子　我迟到了——
间宫　这里挺好找的吧？
绫子　嗯。
间宫　（看看表）午间休息，也没多少时间，我就直奔主题了。其实还是关于你的亲事，你觉得后藤怎么样？
绫子　什么怎么样？
间宫　是喜欢？还是讨厌？说来听听吧。
绫子　不讨厌。

间宫　那就是喜欢咯。后藤也这么说的。

绫子　……

间宫　这不挺好吗。继续推进婚事吧，行吧？

绫子　可是叔叔——

间宫　怎么啦？

绫子　我还没有考虑结婚的事情。

间宫　嗯，上次听你提起过。

绫子　所以，我现在不能马上做出答复……

间宫　不过，既然喜欢，那在一起也是水到渠成嘛。

绫子　可我一旦结了婚，妈妈怎么办？

间宫　这个，你妈妈……

绫子　嗯。

间宫　这件事情吧，大家也都很上心呢，不会让你为难的。

绫子　您这话是什么意思呢？

间宫　哎，比方说吧，让你妈妈再婚，你意下如何？

绫子　再婚？有人给妈妈说亲了？

间宫　呃，也不是没有啊。

绫子　(垂下头)……

间宫　意下如何？

"让您久等了——"招呼声中店员端来了点好的饭菜。

其间，绫子一直垂着脑袋。

女店员离开——

间宫　想什么呢，想得这么专心？快吃吧。

　　绫子　（抬起头来）那件事情已经定下了吗？

　　间宫　什么？你妈妈的事情？

　　绫子　他是谁呀？

　　间宫　对方吗？

　　绫子　是的。

　　间宫　你和你妈妈很久以前就跟他相熟了，就是平山，你看他如何啊……

　　绫子　（情不自禁地插嘴）是平山先生——？

　　间宫　怎么样？他行不行？

　　绫子　……

　　间宫　不过还没有完全定下来呢。

│绫子定定地看着间宫。

　　间宫　怎么样？

│绫子没有作答，垂下目光。

71　当晚　公寓　走廊

│绫子归来，面色凝重。

72　室内

秋子正往矮脚餐桌上摆放晚饭的用具。
绫子进来。

　　　　秋子　呀，回来啦——

随后她进里屋去取什么东西。
绫子没精打采地打开衣柜，把外套挂在衣架上。
秋子拿了东西回来。

　　　　秋子　肚子饿了吧？今天可没什么好吃的哦。本来想买点儿回来，可妈妈回来得太晚……

　　　　绫子　……

秋子忽然抬头盯着绫子。

　　　　秋子　怎么啦？出什么事儿了？

　　　　绫子　……

　　　　秋子　这是怎么啦？到底怎么了呢？

　　　　绫子　……

　　　　秋子　今天妈妈坐电车，居然碰见了一个多年没见的熟人呢。——你还记得吗？战争刚结束那会儿，就是时常给我们家送米，在鸿巢做黑市交易的那位阿姨。她打扮得那么齐整，我还以为是谁家的阔太太呢……

绫子 （神情严肃）妈妈——

秋子 （没察觉出来）什么？

绫子 妈妈，你是不是有什么事情瞒着我？

秋子 瞒你什么？

绫子 今天我被间宫叔叔叫去，他全都跟我说了呢。

秋子 （不解的样子）说了什么？

绫子 妈妈是要再婚了？

秋子 （吃了一惊）欸？再婚？

绫子 干吗要瞒着我呢？

秋子 这是哪一出啊？

绫子 我都知道了！

秋子 你知道什么呀？谁跟谁呀？搞得妈妈一头雾水——

绫子 别装糊涂了。妈妈你这么做，不觉得愧对爸爸吗？平山先生可是爸爸的朋友呢！

秋子 怎么又扯到平山先生了？

绫子 你还要隐瞒吗？天大的事情，为什么要瞒着我啊！

秋子 说的什么呀？

绫子 得了吧！别装了！我还以为妈妈不是那种人呢！我最讨厌那种人！

秋子 我都给你说糊涂了，阿绫——

> 绫子　污秽不堪！讨厌死了！

说完起身去拿手提包。

> 秋子　阿绫！你去哪里？你要去哪里呀？
> 绫子　不要你管！我讨厌这样的妈妈！

秋子起身去追，只听"砰"的一声，眼前的门被绫子粗暴地关上了。

73　当晚"芳寿司"店内

只有三位客人——
老板芳太郎（52岁）在捏寿司，老板娘久子（46岁）在给客人端酒上茶。
另外还有一位寿司师傅——
这是一家位于城郊车站附近的寿司店。

> 客人一　喂，给我来份墨鱼的——
> 芳太郎　好的。——那位先生呢？
> 客人二　（递过茶杯）我要这个。
> 芳太郎　好的，热茶一杯。

诸如此类——
这时绫子来了。

> 寿司师傅　欢迎光临！
> 久子　（迎上来）哎，你来了。

绫子　请问,百合……

久子　嗯,在的。(冲着二楼)百合!三轮小姐来啦!(然后对绫子)请进,去楼上吧……

|百合子从二楼下来。

百合子　哎,来啦,上去吧。房间里可是乱糟糟的呢。

久子　请吧——

|于是,绫子跟随百合子上二楼去了。

店里——

芳太郎　(对微醺的客人三)先生,还要加吗,蛤蜊的——?

客人三　哦,再加一份。

芳太郎　先生,您喜欢吃蛤蜊啊?

客人三　嗯,蛤蜊味道鲜美啊。——蛤蜊三五七,章鱼二四八[1]呀……

寿司师傅　要章鱼吗?

客人三　章鱼都生孩子了。

寿司师傅　欸?

客人三　就要蛤蜊呀。柔柔嫩嫩的——先吃蛤蜊呀……哈哈,然后给我赤贝哟。

芳太郎　好的。

---

1. 小孩子数东西时使用的语言,增加语感,没有具体含义。

74 二楼（百合子的房间）

| 百合子与绫子——

  百合子 那，你是怎么想的？
  绫子 那种事情想想都厌恶啊。而且对方还是我爸爸的好友呢，真是污秽。
  百合子 呵——因此你就气呼呼地跑出来了？
  绫子 可是，你不觉得那种事儿很污秽吗？
  百合子 呵呵，是吗？那种事儿？
  绫子 你想啊，连我都还清楚地记得爸爸的样子，妈妈却好像完全忘记了似的……这件事情无论如何我都想不通的……

| 说着低下脑袋。

百合子　我说——

绫子　——？

百合子　我理解你的感受……不过，你也太任性了吧。

绫子　我任性？

百合子　你要设身处地为你妈妈想想——

绫子　你想说什么？

百合子　因为你妈妈也是女人啊，这一点你必须考虑到。

绫子　你这什么意思？

百合子　既然你有自己喜欢的人，为什么偏要苛责妈妈呢？这岂非太自私了？如果是我，就默不作声。

绫子　这种时候，你能心平气和？

百合子　当然心平气和，妈妈有妈妈的生活，不对吗？

绫子　真是事不关己……

百合子　非也，非也！我后妈嫁过来的时候我也不太介意，但并不是说我就忘了死去的妈妈呢。即使现在，我一闭上眼睛，妈妈的音容笑貌便清清楚楚地浮现在眼前。我爸爸为人随便，可那又能怎样呢？因为爸爸有爸爸的生活啊。

绫子　可我不这么想。

百合子　就算你不这么认为，该怎样还怎样。这人世间，

　　　　　　　并非如你想象的那般美好呢！你呀，十足的孩子气……

　　绫子　……

|久子出现在楼梯口——

　　久子　百合，给——

|她端来寿司。

　　百合子　谢谢。

|百合子去取寿司。久子放下寿司后离开。

　　百合子　（端着寿司过来）怎么样，要不要吃？
　　绫子　我回去了。
　　百合子　这就回去？不是说好住这儿吗？
　　绫子　回去。
　　百合子　那，吃了这个再走吧。
　　绫子　不吃。
　　百合子　真要回家吗？——那好，走吧走吧。这一出一出的，真是孩子气！

|绫子下楼离去。
　百合子盯着她的背影，无奈地笑笑，随后捏起一枚寿司。

75　当晚　公寓　室内

已经铺好两床被褥，秋子坐在那里沉思。
传来门把手转动的声响，秋子抬眼看去，绫子无精打采地回来了。

  秋子　啊……（迎着她）你去哪儿了？
  绫子　……
  秋子　你这样突然跑出去，能不叫人担心吗？你去哪儿了？

绫子一声不吭，进了里屋。

76　里屋

绫子进来，蔫蔫地坐下。
秋子进来。

  秋子　你生什么气呀，什么事儿让你误会了？
  绫子　……
  秋子　间宫先生都跟你说了些什么？
  绫子　……
  秋子　你觉得妈妈有事儿瞒着你？我哪有什么事情需要隐瞒呢？

活像个没长大的孩子嘛。即使是阿姨也会有各种各样的事情啊。

秋子　（笑着）有倒是有……

百合子　绫子狡猾着呢，自己的问题束之高阁，一个劲儿地埋怨阿姨，所以我不客气地批评了她。这倒好，今天在公司她一整天都没理我呢。

秋子　是吗？

百合子　所以我不放心，过来看看。说实话，阿姨，我觉得绫子有点儿看不开哟。

秋子　（依然面带微笑）为什么？

百合子　我若是绫子，便会认为再婚才是阿姨的上佳之选呢。

秋子　哦？为什么？

百合子　您想啊，您结了婚，阿绫就没负担了。我说得有点直接，您别介意……

秋子　（忽然情绪低落）是啊……也许吧……

百合子　就是啊，换作是谁都会这么想的。想不通的也只有绫子一个呢。她过于敏感呢。真愁人。

秋子　——这么说，是我碍事啊……

百合子　不不，并不是碍事。——只不过嘛，多少有点儿影响吧，对不住了。——敢问阿姨，您不孤单吗？

秋子　（微笑）孤单又能怎样呢？只要那孩子能够幸

福，其他事情忍忍就过去了……

百合子　了不起！还是阿姨通情达理。不过，阿姨，您要有个决断呢。否则，阿绫永远都不会嫁人呢。

秋子　是吗……

百合子　是呀，她就是这么说的。

秋子　哦。

百合子　只要阿姨的事情定下来，绫子就会马上出嫁哟。

秋子　——真拿她没办法啊……

百合子　确实不省心呢。阿绫究竟有什么不满？这不皆大欢喜吗，是不是，阿姨？

秋子　什么皆大欢喜？

百合子　就说平山先生——大学教师的身份，本就没得挑。而且还是已经过世的叔叔的好友，知根知底，岂非更妙？

秋子　可是百合，不是那样啊。

百合子　错不了，错不了的。这样一来多好呀。

秋子　好什么，这都哪儿跟哪儿呀。是不是连你也有什么误会？平山先生这件事我一概不知啊。

百合子　撒谎，撒谎，阿姨您不用害臊。

秋子　害什么臊……真的，我真的蒙在鼓里啊。

百合子　怎么会这样呢……阿姨您是当真不知？

秋子　嗯，是呀。我全然不知。

百合子　这太过分了。怎么回事儿？这种事情怎么可以随意散播……是吧？阿姨您真的不知情？

秋子　是啊。

百合子　岂有此理！存心捉弄人嘛。

转动门把手的声响——绫子回来。

秋子　啊，你回来啦——

百合子　你去哪儿了？

绫子一言不发进了里屋。

百合子　真是的，还生气呢？我放心不下，特地跑来看你呢。

绫子　净瞎操心。回去吧。

百合子　我这就走喽。

秋子　别走呀，百合，在这儿住一宿吧。

绫子　妈妈，我可不跟她一起睡呢。

秋子　阿绫——

绫子　行了，让她回去。

百合子　我走啦。哼！——阿姨，晚安。

秋子　哦，这就走？真对不住。

百合子　没什么。

百合子走了，秋子起身送她。

86　走廊

│百合子刚出门,秋子也跟了出来。

　　秋子　抱歉。
　　百合子　没事的。——愁人的家伙。
│随后离开。

87　间宫的公司　常务董事办公室

│间宫正在工作。
　传来敲门声——

　　间宫　请进。
│门开了,女事务员进来。

　女事务员　平山先生来了。
│平山进来。

　　间宫　哟,有事儿?
　　平山　嗯,事情不大对头呢。
　　间宫　什么事?
　　平山　冒出来一个很奇怪的人。

间宫　什么情况?
平山　总之,先去见见吧。
间宫　谁?
平山　我让她在会客室等着。田口也来了。
间宫　是谁啊?

| 平山前头走着,间宫紧随其后。

88　走廊

| 两个人往会客室方向走去。

89　会客室

| 两人到来,田口正坐在椅子上,对面站着百合子。

间宫　(对田口)哟。
田口　嗨。
间宫　怎么回事儿?怎么啦?
田口　呃,这个嘛……
平山　就是这位小姐啊,阿绫的朋友。

百合子　我叫佐佐木百合子。

间宫　哦，在下间宫……请。

| 示意百合子坐下，随后他自行坐下。平山也坐了下来。

百合子　（依然站着，郑重其事地）请问，为什么要无中生有造谣生事呢？

间宫　有这种事儿——

百合子　就是三轮阿姨再婚的事情。

间宫　啊，这件事情——

百合子　啊什么呀，阿姨明明毫不知情，为什么要对绫子说那番话？为什么要往平静的水池里扔块石头呢？因为此事，阿绫她非常苦恼。为什么要去扰乱一个和睦的家庭呢？我来就是要弄清这些，还请明示。

| 三个男人面面相觑。

百合子　回答不上来吗？做这种事情，到底哪里好玩？

间宫　你误会了，并非为了好玩。

百合子　那是为了什么？

间宫　（岔开话题）百合子小姐是吧？先请坐吧。

百合子　不必了，这样就行。

间宫　不过，还是先……

百合子　不用。

平山　（对间宫说）唉，你这里有会客室还不错啦，我可是在大学里，冷不防儿地就被劈头盖脸训斥了一通。

间宫　百合你听我解释——

百合子　请叫我百合子。

间宫　啊，失礼了——

田口　我已经大致解释过了。

百合子　我不是请教您。

田口　哦，是啊。

间宫　可是百合子小姐，关于三轮阿姨的再婚事宜，你怎么看？不赞成吗？

百合子　那倒是赞成。不过这是两码事儿。

间宫　不，并没什么不同。阿绫的心思你也知道吧，只要她妈妈没有再婚，她就不会出嫁的。

百合子　既然如此，那为什么不事先说明呢？这位叔叔（平山）的事情，阿姨不是完全被蒙在鼓里吗？

平山　对啦，我也是刚刚听这位小姐说的，到底怎么回事儿？难道说帮我提亲这事儿，你们压根儿就没采取行动？

田口　喂，你先闭嘴。

平山　可是——

间宫　我说，你行了，闭嘴吧。——（然后对百合子）我们的行事方式的确欠妥，不过为了让阿绫顺利出嫁，就必须让你阿姨再婚。——这个道理你懂吧？

百合子　我明白。可是，既然这样为什么——

间宫　唉，因为我行事不当给大家带来麻烦，在此郑重道歉。（说着低头致歉）请原谅——

田口　我也很抱歉——

间宫　还是请坐下说吧。

百合子落座。

间宫　话说回来，关键问题还是在于你三轮阿姨是否有再婚的想法……

百合子　倒是有的。我问过她。

田口　真有吗？

百合子　有的。

田口　（对平山）喂，走桃花运了。

平山　哎呀……

间宫　那就请百合子小姐多费心，首先把你阿姨的事情明确下来，然后再定阿绫的婚事，你看怎么样？

百合子　嗯，如此一来皆大欢喜呀。

平山　啊，这才合情合理。

田口　（对平山）你又打起精神了？

平山　嗯？这不是……

百合子　那么，阿姨的再婚对象，定了是这位叔叔（平山）啰？

间宫　不过还没明确定下来……

田口　怎么样？他不行吗？

百合子　没说不行哦。我觉得很般配呢。

间宫　你确定？

百合子　极好呢。

田口　极好？

间宫　嗬，平山，看来得举杯欢庆。

平山　（难为情）哎呀……

田口　呀什么呀，你请客啰。

平山　我吗？啊哈……我请，我请。

| 平山喜笑颜开。

90　当晚"芳寿司"店内

| 只有一位客人。老板和老板娘都不在，寿司师傅独自捏着寿司。

师傅　还要什么？

客人　不要了。啊，真痛快。

| 这时田口、间宫、平山来到。看样子这三位都有了相当的醉意。

师傅　哎，欢迎光临。

| 百合子随后进来，她打着手势示意师傅"别说话"。
　她也醉得厉害。

客人　那告辞了。

| 客人离开。

间宫　真够远的啊。就这里吧？你说的味道不错的那家。

百合子　是呀。（然后对师傅）给烫壶酒来。

师傅　好的。

田口　这是目黑的秋刀鱼吧？没想到这种偏僻的小店做得这么好吃。

百合子　地方偏僻委屈诸位了。——（然后对师傅）今天老板和老板娘都不在吗？

师傅　嗯，有事儿出去了……

百合子　哦。那小姐呢？

师傅　小姐她……

百合子　（对三人）这家的小姐，长得可漂亮了。想介绍你们认识呢。唔。

平山　百合，没事吧？跑这么远的地方，你回得去吗？

百合子　当然能回去。放心吧。叔叔您才要加油呢。

师傅　要吃什么？

百合子　怎么还没上酒呢，酒——

师傅　是，马上好——
百合子　叔叔们，吃点儿什么？
间宫　这里有什么好吃的？
百合子　什么都好吃哦。（然后对师傅）什么都行，快点端上来。
师傅　好的。
田口　我说，已经吃不下很多了。
百合子　肯定能吃下！味道好极了！上！快上！
师傅　（精气神儿十足）好——咧！
百合子　话说，平山君，您当真能好好爱惜三轮阿姨吗？
平山　嗯，我会对她好的。
百合子　天荒地老，永永远远哦。
平山　嗯嗯，我会的。
田口　幸福的家伙啊。（对间宫）是吧？
间宫　简直是鸿运当头嘛。
师傅　（端上酒）诸位，热酒来了。
田口　哦——（接过酒）真为你高兴啊，平山君——
平山　呀，谢谢！有朋友就是好。
间宫　还没有完全定下来哦。
百合子　千万别这么说！（然后对平山）喂，您说，当真会好好疼爱阿姨吗？
平山　嗯，保证会好好爱她的。
百合子　直到天荒地老，永永远远哦。

平山　嗯嗯，我会的。

百合子　这位叔叔，还是蛮可爱的嘛。

平山很开心，哈哈大笑起来。

田口　（递给间宫酒壶）喂，喝一杯吧？

间宫　嗯。

这时，老板娘久子送外卖归来，手上拎着食盒。

久子　欢迎光临，欢迎光临。

百合子　啊，您回来了。

久子　哦，都这么晚啊。

百合子　嗯。

久子去了里屋。

田口　百合，你是这里的老熟客呀。

百合子　嗯。

间宫　经常来吗？

百合子　嗯，每天——

间宫　每天？

久子从里间出来。

久子　百合，你今天没上班吗？

百合子　不是，下午休息了。

久子　有你的电话呢，是杉山先生打来的。

百合子　他说什么啦？

久子　他说既然不在那等明天再说。

| 说完，久子又退回里屋——

间宫　搞了半天，原来这是你家啊。

百合子　（满不在乎地）是呀。刚才那位是我妈妈，我就是这里的小姐——

田口　真够狠的你。

百合子　（对平山）不过叔叔，钱还是要付的哟，吃多吃少都没关系。

平山　哦，明白，我会付的，付，付。

百合子　（对师傅）我说，快点上吧，酒也一样哦。

师傅　好咧。

田口　现在的女孩不容小觑哦。

间宫　太能干了。喂，金枪鱼肥片——

田口　我要蛤蜊肉，文蛤。

师傅　好咧。

| 间宫率先一饮而尽，田口跟上——

91　东兴商事　从屋顶俯瞰

| 午饭时间，高楼林立的街区。

92　同上　办公室

午休时间，室内空荡荡的。

93　同上　楼顶

正在做投接球练习的年轻的职员们，以及谈笑风生的青年男女们——

94　其中一隅

杉山和百合子——

　　杉山　是吗，所以三轮君才休假了。
　百合子　嗯，听说买了环游票到处游玩呢。
　　杉山　嗯，这多好啊，一家人和和睦睦的。——后藤也一直担心这事儿呢。
　百合子　那可是难得一见的好妈妈呢，不过绫子多少有点别扭。——到底是亲妈好啊。
　　杉山　你不也很好吗。妈妈多随和呀。
　百合子　倒也不错，可总归不太一样。再怎样好，我对妈妈也还是有些顾虑的。
　　杉山　是吗？

百合子　没看出来?真要看不出的话,那说明我演技高哇。

| 一只球滚到了杉山脚下。
杉山将其投回去。

百合子　阿绫今天会去哪儿呢?——熊玩意儿,还真叫人艳羡呢。
杉山　喂,欢送会,咱们还是去山里吧?——再叫上后藤。
百合子　嗯,去,去。这个时节,去山里走走最是神清气爽哦。可不能待在公司里。
杉山　说得是啊。

95　夜晚　伊香保

| 温泉小镇风景刻画二三。

96　旅馆的招牌

| 写着"俵屋旅馆"几个大字。

97 旅馆的走廊

修学旅行的女学生们欢快地穿梭往来。有穿着制服的,有换上睡衣的,等等。间或有按摩师走过。

98　客房（休息室）

里面房间有十叠大小，已经铺好了被褥。外面的休息室是八叠大小，坐着秋子和绫子。周吉也来了。
能听见女学生们叽叽喳喳的喧闹声。

  周吉　阿绫，是不是困了？
  绫子　不呢，还不困……
  周吉　真不凑巧，今天人这么多，很吵吧……
  秋子　不过，不管去哪儿都是修学旅行的人，日光的旅馆也是人满为患啊。（对绫子）对吧？
  绫子　（微笑）很快就会有谁穿上拖鞋四处晃荡，或者搞错了房间闯进来……
  周吉　是吗，那肯定没休息好吧？
  秋子　不过，我们玩儿得很开心呢。
  周吉　哦，那就好。

走廊传来女服务员的声音"打扰了"。
——随后探身进来。

  女服务员　打扰了，老板，修学旅行的老师在账房等您……
  周吉　哦，知道了，我这就去。

女服务员退下后——

  周吉 真是双喜临门啊,阿绫找到了称心的丈夫,你也拿定主意改嫁……
  秋子 ……
  周吉 唉,其实比起阿绫的事情,我更放心不下你呢。
  秋子 让您跟着操心不少……
  周吉 呀,这下放心了……那,我去看看,你们好好休息。
  秋子 晚安。
  绫子 晚安。

于是周吉离开。

  秋子 怎么样,咱这就睡下吧——

说着起身去了里间。
绫子独自待在外间,翻阅周刊杂志。

99 里间

秋子坐在被褥上,一动不动,不知在想什么。

不知不觉间，修学旅行团的嘈杂声静了下来。

  秋子 阿绫，你不进来吗？

100 休息室

  绫子 马上。
| 随后她放下周刊杂志起身过去。

101 里间

| 绫子走来，也坐在被褥上。

  绫子 终于安静了。——那些修学旅行的人，差不多都睡下了吧。
  秋子 ……
  绫子 修学旅行，本来是件很开心的事情，不过真讨厌最后一晚。一想到马上要结束了，就会没来由地颓丧起来……妈妈没有这种经历吗？
  秋子 ……
  绫子 怎么了？

秋子 ……

绫子 到底怎么了？

秋子 ——我说阿绫，关于妈妈再婚的事情，你曾说过污秽不堪，还记得吧？

绫子 ——？唉，那些话，快别提了。——对不起，说了那么幼稚的话。

秋子 不是，其实妈妈也是同样的想法。

绫子 ——？

秋子 妈妈还是想一个人过。

绫子 可是妈妈……

秋子 听我说，这辈子有你爸爸一个就足够了，往后余生，我们俩也会一起度过。这样我就心满意足了。这把年纪，还要重新出发从山脚攀登，我是真心不愿意呢。

绫子 可是妈妈……

秋子 放心好了。你完全不必顾虑妈妈，放心嫁给后藤吧。只要你能跟喜欢的人在一起和美幸福地生活，没有比这更让妈妈欣慰的了。所以，不要再记挂妈妈，妈妈一点儿都不会寂寞的。

绫子 可是，我不忍心让妈妈一个人留在那个公寓里……

秋子　没事儿，放心吧。永远跟妈妈两人一直在那个公寓生活下去，这怎么可能呢？跟妈妈在一起，是没有将来的。而且你还年轻，路还长着呢，将来不知会多么幸福呢。所以，放心嫁给后藤吧。妈妈有妈妈的生活，无论如何都会走下去的。

绫子　……

秋子　那就这样吧。你可不要认为妈妈是在撒谎，就为了把你嫁出去哦。

| 绫子抹着泪水。

秋子　你明白吧，懂妈妈的意思吧？
| 绫子哭起来。

秋子　啊，这次的旅行蛮开心呢……
| 说着说着，秋子也轻轻地拭去泪水。

102　窗外

| 对面的一个个房间，灯光已经熄灭。

103　次日清晨　榛名湖畔

| 秋子和绫子站立湖畔——

  秋子　战争期间，我们一家在这里疏散的情形，你还记得吗？爸爸每逢星期天回来，虽说那时什么都没有，但他总会设法给你带点儿礼物回来……他是位好爸爸……

  绫子　……

  秋子　跟你的双人旅行到此结束了……要幸福哦。

  绫子　……

  秋子　你要踏上新的旅程，妈妈也要踏上新的旅程……

| 母女二人各怀感慨，眺望着湖面。
　对面湖岸上，女学生们开心地走着。

104　结婚喜筵　会场走廊

| 宾客接待处，"后藤家，三轮家，喜筵"标示。

105　拍照

新郎后藤、新娘绫子。
为他们拍照的摄影师。秋子、周吉、间宫、田口、平山、百合子，还有后藤家的亲戚等，大家欢聚一堂。
美容师整理好新娘的衣裳返回来——

　　摄影师　我要拍了。新郎官稍稍往这边看一下。好，拍了啊。(同时摁下快门)——大家不要动，再来一张——

说着更换感光玻璃板。

106　当晚　筑地附近

| 餐馆所在的巷弄。附近的高楼屋顶上，霓虹灯发出耀眼的光芒。

107　餐馆的走廊

| 老板娘丰从对面出来，对经过的女服务员说——

　　　　丰　等一下，把这酒给那个客间送去。
　女服务员　好的。

108　客间

| 间宫、田口和平山——

　　间宫　啊，今天很顺利。又是黄道吉日，总算圆满结束了。
　　平山　是啊，顺顺当当的。
　　间宫　虽然忙乱不堪，不过也很愉快啊。
　　田口　嗯，很愉快。让我们为阿绫干杯吧。
　　间宫　还要为三轮和秋子干杯。
　　田口　好，干杯——

于是，各自举起正喝着的白兰地或是日本酒干杯。

平山　不过，我并不怎么开心呢。

间宫　可是还不错啦，因为首要目的已经达到，阿绫得到了幸福。

平山　那当然好，可唯独我被白白利用了一遭。——你们两个，至少都还得了烟斗呢。

田口　这个嘛——你不也赚到了吗，好歹做了一场美梦，不是吗？

间宫　话说，这世上的事情，大家一哄而上，往往给搞复杂了，其实出乎意料地简单呢。

平山　还不是你俩闹的。

间宫　不过，那位寿司店的姑娘，真让人惊讶啊——

田口　哦，那位呀。不过也挺有趣啊。偶尔那般行径倒也不错。那种拿不起放不下的，才真麻烦。

间宫　但是，过于干脆也不好办呢。我家孩子才刚开始呢，为人父母有操不完的心啊。

平山　话说，秋子今后怎么打算的，她一个人？

田口　怎么，你还惦记着呢？

平山　哪有啊，早就死心断念了。

间宫　这么说痒处已经痊愈了吧？

平山　唉，该痒的地方还痒着呢，哈哈哈哈哈。

间宫　不过真挺有意思呢。这就结束了？这么一想，

　　　　倒有些伤感呢。除此之外还能有啥？

　　田口　唔。你家闺女也差不多该出阁了吧？

　　间宫　不，早着咧。还早着呢。绝对不会麻烦你们的。

于是三个人开怀大笑。

　　田口　喂，喝酒吧。

　　平山　好。

说着接受斟酒。

109　当晚　公寓

秋子的礼服挂在一边。

秋子一个人铺着被褥，她神情落寞，无精打采。

传来敲门声——

　　百合子　阿姨，您已经歇下了？

　　秋子　啊，是百合吗？

百合子进来。

　　百合子　因为惦记着阿姨所以就过来看看。后来我们大
　　　　　　家去了银座呢。给——

说着她拿出纸包着的礼品放在那里。

　　秋子　哦，谢谢。

百合子　阿绫今天漂亮极了，她非常适合挽那种日式发髻呀——

秋子　是吗？她还说不怎么喜欢呢……

百合子　阿姨，今后我常来您这里，欢迎吗？

秋子　好啊，欢迎……请尽管来。真的哟。

百合子　嗯。——这我就放心了，阿姨精神头儿不错……

秋子　是呀，我很好呢。今天真开心啊……托大家的福……绫子，很幸福呢。

百合子　确实，有这么好的妈妈，绫子真幸福呢……那阿姨，我走了。

秋子　好的，谢谢你，特意跑一趟。

百合子　那，晚安，再见。

秋子　晚安。

秋子送百合子离开，锁上门。

然后返回卧室，长叹一声，脱下外褂，有一搭没一搭地叠着。

110　走廊

没有人影，一片静寂。

—— 终 ——

小早川家之秋

> 1961年（昭和三十六年）
> 宝塚映画/东宝
> 现存剧本、底片、拷贝
> 7卷，2815米（103分钟），彩色
> 1961年10月29日公映

职员表

- 制片　藤本真澄　金子正且
- 编剧　野田高梧　小津安二郎
- 导演　小津安二郎
- 摄像　中井朝一
- 美术　下河原友雄
- 录音　中川浩一
- 照明　石井长四郎
- 音乐　黛敏郎
- 剪辑　岩下广一

百合子　　　　　団令子
加藤繁　　　　　杉村春子
北川弥之助　　　加东大介
照子　　　　　　东乡晴子
矶村英一郎　　　森繁久弥
山口信吉　　　　山茶花究
丸山六太郎　　　藤木悠
农夫　　　　　　笠智众
农妇　　　　　　望月优子

出场人物

小早川万兵卫　　中村雁治郎
秋子　　　　　　原节子
久夫　　　　　　小林桂树
文子　　　　　　新珠三千代
正夫　　　　　　岛津雅彦
纪子　　　　　　司叶子
中西多佳子　　　白川由美
寺本忠　　　　　宝田明
佐佐木常　　　　浪花千荣子

1　大阪　日暮时分的道顿堀——

霓虹灯风光，护城河的水中也辉映着霓虹灯——

2　"紫丁香"酒吧

酒吧的窗户上悬挂着蕾丝窗帘，透过窗户能望见霓虹灯闪烁。矶村英一郎（48岁）端着一杯加冰威士忌，女服务员明美（26岁）坐在他身旁，拿着带镜子的小粉盒，正在补妆。

   矶村　拍个粉要不要这么仔细啊。借我用一下。
   明美　这个？

随后便将小粉盒递给他。

   矶村　（照照脸）我这只眼睛，今天看着有没有偏小呢？
   明美　哪儿有，跟平时一样呢……
   矶村　是吗……这么漂亮的东西，是谁送你的吧？

随后他便要还回粉盒。
手伸到半道又重新瞪大眼睛照了照，然后才还回去。

   明美　我自己买的哟，哼……（忽然望去）呀，他来了。——欢迎光临。

"嗨！"北川弥之助（45岁）打着招呼走过来。

弥之助　让您久等了……

随后在矶村对面坐下来。
矶村拿出眼镜。

矶村　就你自己吗？
弥之助　那位马上就到了，约的是七点多。——（对明美）我也来杯威士忌吧，加冰的。

"好的。"明美应了一声便起身离开。

弥之助　说是给宝塚山的客户送画，送完直接过来。
矶村　哦。——我说，虽然你对她赞赏有加，不过，我的喜好你真的清楚吗？
弥之助　那自然是清楚明白啰。过世的太太又是那般漂亮，还有今年春天，咱们大家一起去有马那次……
矶村　啊，那个就不要提了，你呀——还是不说为妙。
弥之助　不过吧，白玉有瑕，这位也稍稍有点儿美中不足啊……

小早川家之秋　157

矶村　什么，哪里不足？

弥之助　她跟去世的丈夫育有一个男孩。

矶村　哦，这种事情没关系，再说我也有孩子啊。那她过世的丈夫是做什么的？

弥之助　教师，阪大的——

矶村　是教师啊。那她有没有继承酿酒的家业呢？

弥之助　虽说家里是开酒坊的，可她特别讨厌那个行业。

矶村　唔，学者的遗孀啊……文化人啊。

随后喝起酒来。

弥之助　（看看手表）就快来了吧……

矶村　哎，我还是先别在场，这样比较好，你说是不是啊？

弥之助　这个嘛……

矶村　这样，我先离开这里，等她到了，我再出来，就当作偶遇一般。

弥之助　那么，你去哪儿？

矶村　那边，我就去那边。那里行吧……

弥之助　既然这样，那矶村先生，你觉得满意的话就请给我个暗示，信号——

矶村　OK——那就摸摸鼻子吧，鼻子——

| 说完他便向另一边走去。明美到来。

  明美 让您久等了。他去哪里了?
  弥之助 呃?这个嘛……
  明美 怎么回事儿呀,你们说什么暗号?
| 随后明美离开。

  弥之助 没什么,说棒球的事情呢。——(忽然发现)
      哎,在这里呢。
| 小早川秋子(37岁)到来。

  明美 欢迎光临。
  秋子 我来晚了……
| 于是秋子落座。

  弥之助 没什么,来,请坐。喝点儿什么?
  秋子 不用了,我……
  弥之助 是吗?(对明美)那待会儿再说吧。
  明美 请随意。
| 随后她离开。

  弥之助 刚才打电话……不好意思,让你特地跑一趟。

秋子　没什么。——您说有事儿，什么事情呀？

弥之助　是这样，咱们也好久没见了，你母亲的忌辰又快到了，我这心里惦记着呢……

"嗨。"一声招呼，矶村走了过来。

矶村　呀，这不是北川君吗。

弥之助　啊，好久不见了。

矶村　上次见面还是在六甲的滑冰场吧。

弥之助　可不是吗，快请坐。

矶村　哎呀，这好吗……（对秋子）那就打扰了。（他点点头便正对着秋子坐下来，问弥之助）这位是？

弥之助　是内人娘家小早川的……

矶村　哦，是吗？久闻芳名……若没记错的话您是在御堂筋[1]那里吧……

秋子　是的，在朋友的画廊里帮忙。

矶村　这样啊。——（一边拿出名片）这是我的名片……我在境川经营一家小型铁器工厂……

边说边递上名片。

弥之助　一直以来承蒙矶村先生的关照。

---

1. 御堂筋，大阪最具代表性的商业街，繁华街区。

秋子　那太感谢了……

她接过名片看了看然后放进手提包里。将名片夹收好,矶村随即摸着鼻子,向弥之助发出满意的暗号——

矶村　经营画廊,可真是高雅的工作啊。

秋子　这个……不过……

说着垂下眼皮。

矶村　您画廊里是否有牛的画作?

秋子　欸?

矶村　就是牛呀,牛。我一直在收集各种各样与牛相关的东西呢……我属牛的……(说着便将一个小饰品模样的东西给秋子看)这也是牛哟。——若是有合适的牛的画作,我想入手呢。

秋子　请问,是要日本画呢,还是……

矶村　(对弥之助)哎,你说哪种好呢?——让人家看着办吧。

弥之助　就是啊。

矶村　那就全权委托您了。

秋子　那我找找看吧。——(对弥之助)说不定纪子今天会去我家呢。我先去打个电话……

| 她点点头起身离开。
　目送秋子离开,两个人嘀咕起来。

  弥之助　你觉得怎样?
  矶　村　OK 啦,OK——
  弥之助　那再好不过。
  矶　村　大大的 OK 呀(说着又摸鼻子)——年龄也正
     合适……拜托了,真心诚意的。——咱们去哪
     儿吃饭吧?哎呀,还是先喝一杯吧。杜松子汽
     酒,可以吧?(突然大声喊道)喂,杜松子汽
     酒,三杯(同时打着手势)。
|　"好的。"对面的女服务员应了一声,走向吧台。

3　当晚　公寓　二楼走廊

| 秋子拎着点心盒回来了。
　她打开门进去。

4　室内

小姑子纪子（24岁）正陪着秋子的儿子稔（13岁）写作业。

  秋子　我回来啦——
  纪子　呀，回来了——
  　稔　您回来了——
  秋子　不好意思，让你久等了——

说着她进到房间里。

  秋子　我这还是匆忙赶回来的呢。推掉了别人的邀
     请——

随后秋子去了隔壁房间。
 纪子对稔说道——

  纪子　这里是不是弄错了？再好好想想。这里要这样，
     你那样做不是很奇怪吗？

边说边起身——

  纪子　再认真思考一下。

随后她去了隔壁。

5　隔壁房间

| 纪子进来。

　　秋子　怎么啦？你说有事情商量——什么事儿……
　　纪子　我被安排了一场相亲呢……
　　秋子　嗬，又来了？真是抢手啊。
　　纪子　什么呀，跟上次的不一样，这次很郑重呢。——连姐姐都大力推荐……
　　秋子　欤，他是何方神圣？
　　纪子　他爸爸好像是某银行的董事长呢，他本人在吹田的啤酒公司上班——
　　秋子　是吗，这不挺好的。
　　纪子　不要说得这么轻巧。——我正苦恼着呢……
　　秋子　为什么苦恼？
　　纪子　——我目前还没有结婚的打算呢……

秋子　即使你想这样，也行不通呀。不管怎样，好歹去相个亲看看吧。

纪子　可是……

秋子　不喜欢的话再拒绝，这样岂非更好？无论爸爸还是文子，谁都不会勉强你嫁给不喜欢的人啊。

纪子　是吗……

秋子　就是呀。

纪子　不过，最近店里的情形好像也不是很好……爸爸似乎很想把我嫁给他呢。

秋子　是吗？这样呀。

纪子　（看看手表）哎呀，我得走了……

秋子　有这么晚了？——（她也看看时间）啊，可不是吗。抓紧时间还能赶上十六分的车次呢。

纪子　是的，我以后再来。（说着站起来）嫂子，之后再找你商量。

秋子　嗯，随时欢迎。对了，我还买了蛋糕呢……

纪子　下次再请我吃吧。

随后她便出了房间。

6 刚才的房间

| 两个人到来。

   纪子 阿稔,再见。
    稔 (一边继续学习)再见……
   秋子 稍微走快点儿。
   纪子 嗯……再见。
   秋子 ……路上当心。
| 纪子笑笑出门走了。

7 走廊

| 纪子归来。

8 小早川家的酿酒厂

| 鳞次栉比的酒窖,沐浴着上午明媚的阳光——

9　旁边的办公室

室内有年轻的老板小早川久夫（36岁），办公室主任山口信吉（42岁），还有办事员丸山六太郎（28岁），以及其他的男女工作人员——

山口　（对久夫）听说冈传那边终于下定决心要和桂正宗合并了。

久夫　是吗？我也听过这种传闻……你是从哪儿听来的？

山口　知道金子这个人吧？桂正宗的——

久夫　哦，知道。

山口　昨天我见过他，就是听他说的，我便想探听一下详细情况，于是（做了一个喝酒的动作）就叫上他去喝了点儿。

这时电话铃响了。

丸山　（拿起话筒）是，是……是，在呢。——（对久夫）老板，太太的电话。

久夫　什么事儿？

说着接过话筒——

久夫　喂，是我。有什么事情呀？

10 小早川家 走廊

他的老婆文子（32岁）正拿着话筒说话。

  文子 大阪的姨父刚过来了。……嗯……你要有空的话回来一趟吧。……嗯……那等着你。

说完她挂掉电话，返回客厅。

11 客厅

文子到来。
弥之助和一家之长万兵卫（65岁）面对面坐着。

  文子 说是马上回来。
  万兵卫 哦。——（对弥之助）那对方什么意思？
  弥之助 两三天前见了一面，他相当满意啊。
  万兵卫 是吗？秋子她怎么说的？
  弥之助 这个嘛，我还什么都没跟秋子讲呢。
  万兵卫 嗬，如此说来，这次相亲秋子完全被蒙在鼓里啊？
  弥之助 呀，就算是吧。
  万兵卫 这不是胡来吗，哈哈哈。——那么，那个人，你觉得秋子能看上眼吗？

弥之助　我觉得他蛮不错啊。

万兵卫　（对文子）你怎么看呢？

文子　唔，好事呀，嫂子要能看中就最好不过了……

弥之助　（对文子）不过吧，那位跟咱们幸一不同，完全没有学者风度啊，这一点上我也有过考量……不过，人家可是铁器厂老板呢。

文子　这件事情，也不知道嫂子是如何想的。

万兵卫　就是啊，关键是本人的想法。

文子　（回头）啊，他回来了。

｜久夫到来。

久夫　您来了，好久不见。

弥之助　嗯，你好……真是好久没见了。

久夫　是的。

万兵卫　弥之助先生这次过来，是给秋子提亲呢。

久夫　这样啊。

弥之助　在我看来，这是一桩很不错的婚事啊。

久夫　是吗。

万兵卫　纪子那边也有人提亲，这要是两桩事一起定下来，当真是如愿以偿呀。

久夫　说得是啊。

万兵卫　（对文子）秋子那边怎么想的，还是得你出面探探她的口风。

　　文子　爸爸您呢——？

　　万兵卫　我也会助攻的，（摇着团扇）拜托了。

说完他便站起身来。

　　文子　您要去哪儿吗？

　　万兵卫　唔，想起点儿事情。

　　弥之助　要出门吗？那我也……

　　万兵卫　啊，你们接着聊吧。多坐会儿——那先这样……

随后他便出门去了。

大家目送他——

　　弥之助　（对文子）你爸爸很是忙碌呀。

　　文子　不知搞什么，他老人家最近经常往外边跑呢。

　　弥之助　是吗，不过健健康康的就好啊。（对久夫）——对了，纪子那门亲事，相亲日子定下来了？

　　久夫　嗯，地点在新大阪。

　　弥之助　哦，那挺好啊，可喜可贺……啊，这风吹得真舒服呀。

12　当日　三和商事的办公室

| 透过窗户看到的大阪城——纪子正在工作。
　对面电话正通话中——纪子的同事中西多佳子(24岁)在接电话。

　　多佳子　是的,是的,哪里?……嗯……嗯……六点开
　　　　　　始呀。我会去的。嗯,我叫上她。
| 随后她挂掉电话,返回位于纪子旁边自己的座位上。

　　多佳子　你今天下班后有空吗?
　　　纪子　(扭过头来)嗯,怎么啦?
　　多佳子　就这两三天吧,寺本先生马上就要出发了。
　　　纪子　(意外的神情)去札幌吗?
　　多佳子　嗯,所以今晚大家要聚聚。
　　　纪子　……是吗……到底定下来了……
　　多佳子　嗯。
　　　纪子　……这样啊……(看着前面)要走了吗……

13　当晚　水果店兼咖啡馆的二楼　走廊

| 写有"伊吹俱乐部会场"的牌子。

传来《雪山赞歌》[1]的合唱声。

14　房间内

刚吃完饭，桌子上还摆放着啤酒、葡萄酒等，大家围着寺本忠（29岁）齐声合唱，有多佳子、纪子，还有差不多年龄的女子两位、男士两位。一曲唱罢——

　　男A　啊，干杯——
　　男B　干杯——
　　纪子　多保重。
　　多佳子　保重。

于是大家干杯。

　　寺本　啊，谢谢各位……多谢。

随后喝干了酒。

　　男A　没想到你真想去啊。
　　男B　工资会上涨吧？

---

1. 源自美国民谣，西堀荣三郎（1903—1989）作词。

寺本　涨得也是有限的。大学助教的工资低得叫人吃惊呢。

多佳子　可你这次去不是副教授了吗？

寺本　副教授也高不到哪儿去。对啦，大家可要去那边滑雪啊。

男A　我倒是想去，可是到札幌的火车票太贵啦。

男B　啊，我独在伊吹山，强忍着对你的思念哟。

女A　慕君深深说不得。

多佳子　伊吹山上艾草萋。

女B　思念如草漫山野，遥问君心或可知？[1]

男A　事到如今，才表明心意，晚三秋喽。

大家哄堂大笑，然后开始合唱。

15　走廊

欢声笑语持续不断，合唱声又响起来。

---

1. 诗出平安时代中期歌人藤原实方的和歌。

16　当晚　郊外一座小站的站台

| 寺本与纪子坐在那里的长椅上。寺本醉得厉害。他拿出一支烟点上抽了起来。

  寺本　啊，真高兴……跟大家伙儿见了面，我也该走了。
  纪子　去那边会待很长时间吗？
  寺本　说是要坚持四五年，不过不知道会怎样呢……你要是得空，请一定去玩呀。
  纪子　嗯……
  寺本　当真哟。
  纪子　嗯……
  寺本　啊，真高兴。好开心啊。——我会时常给你写信的，你也要写啊。
  纪子　嗯……
  寺本　一定要写啊。——啊，真高兴啊……走吧……
  纪子　……（将目光从寺本身上移开）

她感伤地垂着头,默默地盯着下方。
电车来了,她扭头望着。
电车飞驰而去。

17　两三天后　酿酒厂的办公室

下午两点多,最是倦怠时分。
　　丸山念着记账单,女职员两人拨拉着算盘计算。

丸山　——呃，两千三百六十五日元，一千七百八十日元，一千零八日元，五百五十日元，七百七十五日元，再加上三千和五百三十日元……一共多少——？

职员A　三万六千三百二十日元整。

丸山　你呢？

职员B　一样。

丸山　一样是多少？

职员B　三万六千三百二十日元……

丸山　三万六千三百二十日元啊……

边说边记到账上。然后——

丸山　（对山口）话说回来，那样真不行啊。

山口　不过，也是无奈之举吧。中小企业都在走下坡路呢。

丸山　说得也是。

山口　账本给我看看。

丸山　这个吗？

山口　不是不是，刚才那个。（接过来）啊，是这个，就是这个。

这时万兵卫进来。

大家纷纷打着招呼迎接他。

万兵卫　啊，辛苦诸位了。——（对山口）天可真热啊。

久夫做什么去了?

两人　呃……

山口　唉,刚刚有事出去了。

万兵卫　他去哪儿了?

山口　桂正宗那里……

万兵卫　哦,这样啊。——那好,我也出去一下……

说着他便走了出去。
大家目送他离开——

丸山　大老板最近动不动就一个人外出啊。

山口　就是,经常出去,他会去哪儿呢……我说——

丸山　怎么啦?

山口　来一下……

说着他起身来到角落里。丸山跟着过来。于是二人在那边压低声音说着话(听不太清楚,只有带标点的话是能听到的)。

山口　我说,咱们大老板他,最近吧,经常往外边跑,有点儿不对劲呀。你这样……家里那边都很担心他呢。——就辛苦你,跑一趟吧……

丸山　去他家吗?

山口　不是不是,你偷偷地跟着他,跟在后面——

丸山　这就去?

山口　嗯,是的。在后面悄悄跟着,看看他究竟去哪儿……

丸山边听边不住地点头。

18 京都

| 东寺[1]之塔——
东山——

19 街道A

| 丸山悄无声息地跟在万兵卫身后。
万兵卫拐个弯儿不见了。

---

1. 东寺是唯一留存的平安京遗迹,建造迄今约一千二百年,位于京都市南区,是真言宗寺院,也被称作教王护国寺。

20 街道 B

丸山跟过来,没看到万兵卫的身影,他边走边东张西望。这时,万兵卫从旁边的冰店冒了出来。

  万兵卫 小六,喂,小六——

丸山回头一看——

  丸山 啊,大老板——
  万兵卫 你去哪儿?——过来一下。

他随后进入冰店。丸山转身回来。

21 冰店

万兵卫与丸山一前一后走进冰店。

  万兵卫 坐吧。
  丸山 是。
  万兵卫 坐下吧。
  丸山 是,多谢。——那我不客气了。
  万兵卫 要点儿啥?你吃什么?

丸山　什么都行……

万兵卫　糯米圆子怎么样？

丸山　是，好的。

万兵卫　姑娘，加一份糯米圆子。

女子　好的。

万兵卫　（对丸山）有什么事儿，这时候出来……真是巧了，在这儿遇见你。

丸山　是，那个……我来催账……

万兵卫　是吗？辛苦你了。

丸山　呃……天气真热啊。

万兵卫　是啊，今年的秋老虎，热得人发晕啊……

丸山　是……大老板，您这是去哪儿？

万兵卫　你去哪儿催账呀——？

丸山　呃，这附近各处转转。

万兵卫　哦……（郑重其事地）喂。

丸山　（有点被吓到）欸？

万兵卫　带烟了没有？

丸山　哦，带了。

万兵卫　给我一支。

丸山　您请……

万兵卫　和平牌啊。你抽的烟相当不错呢。

丸山　谢谢。

万兵卫　你呀……

丸山　在。

万兵卫　我清楚怎么回事儿呢。

丸山　什么？

万兵卫　不说也罢。——你吧……

丸山　在。

万兵卫　是小老板派你来的吧？

丸山　没有，没这回事儿，绝对没有。

万兵卫　是吗？那是谁派你来催款的？

丸山　这个，催款啊，没有谁派我来呀，我自己要来催款的。

万兵卫　是吗……真令人感动啊。——喂，糯米圆子怎么还没上来？这个人忙着呢，一会儿还要去各处催账，得抓紧点儿啰。

女子　知道了，马上好——

万兵卫　小六，确实辛苦你了。

丸山　呃……

| 不停地擦汗。

入口处的风铃被风吹得叮当作响。

22　小巷

| 万兵卫摇着扇子匆匆走着。

23　民宿"佐佐木"

| 万兵卫步入土间[1]。

万兵卫　有人在吗……有人吗……

| 女主人佐佐木常（48岁）迎了出来。

常　呀，您来了。这么热的天……快进来吧。

万兵卫　嗯，谢谢——那我进来啰。

常　快请进。

| 土间用布帘隔开，里面延伸到厨房。

---

1. 指没有铺地板的素土地面房间。

24 起居间

|常领着万兵卫来到起居间。拿出坐垫——

    常 近来一直很热啊。

  万兵卫 可不是吗……

    常 店里不忙了?

万兵卫　嗯，眼下是一年里最闲散的时候。新米没收上来酒厂就没活儿干。刚才，遇见一件趣事儿呢。

常　什么事儿？

万兵卫　我店里的班头跟踪我呢。

常　欸，为什么？

万兵卫　我猜呀，从那次以后，我时不时地到这边来，所以，那帮家伙起疑心了吧。

常　哎呀，这都什么事儿呀。

|她笑着去了厨房那边。

万兵卫　所以啊，刚才跟踪我的那个班头，被我拉到冰店去了。我身上明明带着香烟，还跟他要了一支和平烟呢。然后呢，他慌里慌张的，甚至连糯米圆子的费用都要结算。呆头呆脑的家伙。

|常端着水杯出来。

常　是吗？真难为他了。——给，凉水，要不要加点儿糖？

万兵卫　不用了，多谢。（喝水）话说，还真是巧呀。

常　巧什么？

万兵卫　那天在向日町，我要是坐了上一班电车，就碰不见你啰。

小早川家之秋　189

常	可不是吗，说到底咱们还是有缘呢。
万兵卫	是啊，太不可思议了，冥冥中的缘分。——都十九年没见啦。
常	是呀。而且是在那种地方。彼此都变了呢……
万兵卫	唔，没想到会在自行车竞赛的归途中遇见啊……人生如流水呀……
常	——确实呢，这世间，早已面目全非了。
万兵卫	无可奈何的人世间啊？
常	咱们从前真有意思啊……对啦，还记得宇治[1]的那家茶馆吧……
万兵卫	哦，那个花园么？以前常去啊。
常	嗯，大家一起出门旅行……那时真快活啊。
万兵卫	唔，咱们一起去赏过雪，还捕过萤火虫……记得吧，月亮最美的那个晚上……
常	怎么可能忘记呢！那是我第一次成为女人的日子呀……真是一世的缘分啊。
万兵卫	可不是吗……
常	百合子都已经二十一岁了。
万兵卫	时间过得真快啊。——过几天，再去一趟宇治吧，就咱俩……

---

1. 日本地名，位于京都府南部，是连接奈良和京都的交通要冲，宇治抹茶世界闻名。

  常 好呀，要去，带我一起去。——烫壶酒吧。

 万兵卫 哦，好啊。

| 常起身去往厨房。

25 厨房

| 常进入土间温酒。
 传来开大门的声音——

26 门口

| 常的女儿百合子（21岁）归来。

 百合子 我回来啦——

  常 哦，回来了——

| 她掀开布帘探身出来。

  常 你爸爸来了哟。

 百合子 是吗？

| 于是她进入大厅并往里面走去——
 她面带笑容走来。

27 起居间

| 百合子到来。

    万兵卫　哦,回来了。

    百合子　您好。——爸爸,您来多久了?

万兵卫　先坐下吧。

百合子　我一会儿还要出门呢，忘了点儿东西，取了就走。爸爸，您多待会儿呀。

万兵卫　什么呀，还要出去啊？

百合子　（点点头）再见，拜拜。

万兵卫　拜拜……

｜百合子刚走几步，马上又折返回来。

百合子　爸爸，您什么时候给我买水貂披肩呀？

万兵卫　（比划着搭在肩上的样子）啊，是这个吧？天这么热，围巾都还围不住呢。

百合子　就想趁现在拜托您嘛……

万兵卫　哦，我知道，知道了。

｜百合子摆摆手离开。

万兵卫　——这孩子真是急性子呀……

｜随后，他拿起杯子喝水。

28　入口

｜美国人乔治现身入口处招呼她。

乔治　百合！快点儿！

| 常从布帘后出来。

　　常　哦，欢迎光临，你好。
　　乔治　你好。
　　常　（冲着里面）百合子，乔治先生等着呢，快点儿。

| 她喊了一嗓子，便又退回厨房里。
| 百合子出来，穿上鞋。

　　百合子　妈妈，我走了。
　　常　早点儿回来。

| 随后她去往起居间。

29　起居间

| 常端着小菜和酒壶进来。

　　万兵卫　他是谁呀？
　　常　是个美国人，公司在神户。
　　万兵卫　她在跟那种人交往吗？

常　呃,那孩子从事打字工作呢,经常领回来个奇怪的家伙。

万兵卫　哦,不会有问题吧?

常　现在的孩子呀,跟我们年轻时完全不一样啰,很有主见呢。——你尝尝那个黑色的颗粒。

万兵卫　这是什么啊?

常　百合子拿回来的,说是鲨鱼的鱼子。

万兵卫　嗬,这就是鲨鱼的鱼子啊。——那么大的鲨鱼竟然有这么小的鱼子。

常　可不是吗。喜欢的话带点儿回去,家里还有一些呢。

万兵卫　哦,味道不错……来,喝一杯吧。

常　嗯,谢谢。

于是两人亲亲热热地对饮起来。
常摇着团扇。

30　次日　酒窖的外景

沐浴着明媚的阳光——

31　办公室

|午休时间。山口与丸山——

山口　那后来，怎样了呢？

丸山　（边吃便当边说）我可是毫无疏漏呢。大老板还以为把我甩掉了，其实，我一直跟着他呢。

山口　那是户什么人家？

丸山　是一家旅馆，门灯上写着"佐佐木"……

山口　（追问）佐佐木？

丸山　嗯。——你知道这家？

山口　算了。——你接着往下说。那女人长什么样？

丸山　长什么样呢，瘦长脸型，年纪大概四十四五岁吧……

山口　应该还要大几岁的，有四十七八吧？

丸山　你认识她？

山口　算了。——原来如此啊，大家都还以为他们俩因为战乱彻底断绝了往来，谁能想到……回头再问问吧。

丸山　对了，山口先生，那个女人和大老板是不是还有个女儿呢？

山口　女儿？

丸山　看上去二十一二岁，很洋气呢……

山口　不对不对。

丸山　可是，我听见她叫大老板爸爸呢。

山口　不对不对。那么以为的只有大老板一人呢。——然后怎样了？

丸山　过了一会儿，大概三十分钟吧，我听到了有人在弹奏三味线[1]，大老板好像很高兴，还唱起了长呗[2]……

山口　不对不对。

丸山　欸？

山口　不是长呗，是端呗[3]哟。（于是他唱道）千般挽留留不住[4]……是不是这样？

丸山　啊，还真是。

山口　错不了的，这我知道的，咱们大老板就会那一首。

---

1. 日本传统乐器，由中国的三弦乐演变而来。
2. 三味线伴奏演唱的曲子，长歌。
3. 三味线伴奏演唱的小调，短歌。
4. 此句出自三味线小调《千般挽留留不住》，笹川临风（1870—1949）作词，五世清元延寿太夫（1862—1943）作曲。

丸山　那个女人究竟是何方人士？是祇园[1]出身吗？

山口　不是不是。

丸山　南方人？

山口　不对不对。——唔，看来旧情复燃啰……

丸山　旧情复燃？

山口　哦，大老板年轻那会儿，可是相当放荡不羁呀……他跟那个女人的事情，连上辈人都束手无策呢……

丸山　这样啊……

山口　——这些日子，本来还觉得顺顺当当挺不错的，你瞧，麻烦又来了。——真不好办啊。

32　小早川家　走廊

文子拿着万兵卫的夏凉和服走来。

---

1. 指京都祇园，是京都最大的艺伎区。

33　浴室

│文子来到门口。

　　　文子　替换的衣服,我给您放这里了。
　　万兵卫　知道了,谢谢……
│随后他脱衣服洗澡。

34　走廊

│文子往回走,这时久夫回来了。

　　　文子　呀,回来了——

35　起居间

文子与久夫——

文子　怎么了，这时候回来？
久夫　山吉先生寄来了明信片……（边找边说）啊，找着了，在这儿。——哎，爸爸果然是那回事儿，（他伸出小指）好像是京都那位。
文子　你说哪儿，京都——
久夫　你知道吧？那个叫佐佐木的女人——
文子　佐佐木？
久夫　佐佐木常。
文子　哦。

随后文子靠近久夫。

文子　这么说从前爸爸在大阪……
久夫　唔，可能就是她。
文子　这样啊，那我就知道了。记得我还小的时候，夜里，爸爸常被那个女人送回来……那时妈妈经常哭呢。
久夫　是她，就是那个女的。貌似旧情复燃了。
文子　真拿他老人家没办法，一把年纪了还这么游手好闲。店铺的事情，他究竟想怎样啊？

久夫　嗯，如此看来，还是痴迷自行车竞赛要好点儿呢。

文子　唉，这一出一出的，真烦人啊。

久夫　不过，你注意点儿，不要当着爸爸面儿说那些过于难堪的话。

文子　为什么？

久夫　还是不说为妙。要说的话，也要见机行事。

文子　哼，我就要说！

久夫　不行不行。——再怎么说也都这么大年纪了。

文子　真要有个老人样也就好了。

久夫　不过照爸爸的性格，恐怕行不通吧。

文子　性格？性格是什么东西？若要依着性子来那不是要为所欲为啰？

久夫　那倒不是，不过……我说，爸爸就那种性格，事到如今说也没用啊。

文子　那我就一直说，说到他改正为止。

久夫　拉倒吧拉倒吧，把他惹毛了可就坏事了。

| 这时，两个人回头一看——

36　走廊

| 洗完澡的万兵卫走了过来。

万兵卫　啊，洗个澡真舒服……

随后便进了起居间。

37　起居间

久夫和文子一时沉默。万兵卫坐下来。

万兵卫　说个事儿，刚才洗澡时我在想你们妈妈今年的忌辰，因为去年操办过周年祭，今年就简单扫扫墓，然后大家一起去岚山[1]吃个饭吧。

久夫　好，那就这样办。

万兵卫　你妈妈也喜欢岚山啊。（转向文子）你看行吗？

文子　岚山是在京都吧？

万兵卫　当然是在京都啰。

文子　虽然妈妈也喜欢，不过爸爸您也挺喜欢啊，京都呢——

万兵卫　什么？

文子　您在京都没遇上什么好事儿吗？近来一个劲儿地往那边跑——

万兵卫　说什么？

他取下搭在头上的手巾。

---

1. 地名，位于京都西郊，是著名风景区。

久夫　我说你……

文子　你别插话儿!

久夫　可是……

文子　闭嘴!——我说爸爸,从前惹妈妈伤心哭泣的那种事情,您还要再做一次吗?

万兵卫　你说什么?什么事情呀?

文子　我什么都知道了呢。

万兵卫　你都知道什么?在岚山举行法事有什么不可以的?

文子　哼,还不知道是谁的岚山呢!

| 说着把脸扭向一边。

万兵卫　喂!喂,这边,转过头来!你们是不是在怀疑我,(转向久夫)对不对?

久夫　没有,哪有那回事儿。

万兵卫　那怎么打发六太郎跟踪我呢……

文子　被人盯梢是不是很不方便呀?

万兵卫　胡说!我最近之所以常去京都,是去见一位老朋友,跟他相谈店铺的诸多事情,瞎说什么!

文子　老朋友是谁呀?叫什么名字?是佐佐木吧?

万兵卫　瞎说!不是!是山田君呢!知道吧!

文子　不知道。

万兵卫　知不知道随你便啰。我去见他,还不是把店铺的一干事情拜托人家吗!以后就交给你们吧!

文子　既然这样,那爸爸……

久夫　算了,你快别说了……

文子　这怎么就算了呢。你闭嘴!——我说,爸爸!

万兵卫　干吗?

文子　您当真关心店铺的生意吗?

万兵卫　这不明摆着吗!

文子　既然这么关心,那今天就再去一趟吧,如何?

万兵卫　什么?

文子　赶快准备准备!

万兵卫　今天就算了吧,昨天才去拜托过人家呢。

文子　不行!这种事情越快越好!请您今天再去一次。来!

万兵卫　今天还是别去了。——再说都洗过澡了……

文子　洗澡水随时都可以烧。

| 说着她起身,从一旁的衣橱里拿出夏季的凉和服、腰带以及短布袜,扔给万兵卫。

文子　爸爸,请更衣——拜托您再去一趟吧。

万兵卫　你们竟然这么不相信我?那好,去就去吧!

| 随后他便站起来换衣服,同时说——

  万兵卫 既然你们如此这般地怀疑我,那就打发什么六呀八的跟踪我吧!真是不像话!如果连父母的话都不能相信,那就真无可救药了!——喂,走吧!快来跟踪我,跟踪我呀!我去哪儿,千万盯紧啰!走啊……跟上跟上!走吧……看好我……不像话,胡说八道!

| 然后他大摇大摆地走了出去。
 目送他离开——

  久夫 你说,这如何是好啊?不会出什么问题吧?
  文子 放心,放心吧。他没带钱包呢,在周围溜达溜达也就回来了。
  久夫 哦。那还好,不过……
  文子 老人家散散步倒也不错哦。
| 随后她转过身去摇着扇子。

38 当晚 佐佐木民宿

| 常用抹布擦着入口处的地板框,擦完后返回里屋——

小早川家之秋 207

39 起居间

百合子伸着腿坐在那里,在涂指甲油。常拎着水桶过来。

小早川家之秋 209

常　在这里碍事，让开点儿——

百合子换了个位置。

常开始擦拭走廊。

百合子　妈妈，那个人真是我的亲生爸爸吗？

常　怎么了？

百合子　刚才呀，忽然就冒出这个念头，记得我小时候，还有另外一个爸爸，不是吗？

常　——？

百合子　那时，我好像也是"爸爸、爸爸"地叫着那个人呢。

常　是吗？——或许有那么回事儿吧。

百合子　那你说，谁才是我真正的爸爸呢？

常　是谁都无所谓啊，只要你觉得好。

百合子　连妈妈自己都不清楚吗？——那算了，我本来也不在乎谁是我的亲爸爸呢……反正我生下来已是既定事实，而且已经长这么大啰。

常　就是就是，就是这样。理应这么想。

百合子　不过吧——

常　怎么？

百合子　这个爸爸很有钱吧？

常　哦，有啊。他可是酿酒厂的老板呢。

百合子　是吗？既然有钱为什么还不给我买水貂披肩呢？

常　　好好地拜托他，拜托方式高明一点儿。

百合子　哦，那就暂时当他是我亲爸吧，直到他给我买水貂披肩——

　　常　　对，就那样。

| 这时传来开门声，于是二人转过身来——

40　入口

| 万兵卫进来。

万兵卫　喂，我来了。我又来了！

| 边说边兴冲冲地进入屋内。

41　室内

| 万兵卫进来——

　　常　　呀，您来了。

百合子　爸爸，欢迎您来。

万兵卫　怎么，擦地板啊，百合在家里呀……让我来吧。给我吧。

| 说着他便伸手去取抹布。

常　不用，您歇着吧。

万兵卫　没关系没关系。这不都是一家人吗。

| 随后他拿走抹布。

百合子　（笑着说）爸爸，要脱掉布袜哟。——衣服下摆也卷上去吧。

万兵卫　对呀，还是你仔细。

| 于是他便脱袜子，同时说道——

万兵卫　刚才出门竟然忘记带钱包了，还真是糊涂呢。只好在车站前的香烟店借了一千块钱这才过来了。（说话间叮当着袖兜里的零钱给她俩看）还剩下这些呢。请你吃糯米圆子吧。

百合子　糯米圆子怎么都行呀，我说爸爸，水貂披肩可要记得给我买。

万兵卫　噢，说买一定买。

| 随后继续精神抖擞地擦拭走廊。

百合子　爸爸，走廊擦得很专业啊。

| 万兵卫笑了，兴高采烈地擦着走廊。
院子里的灯笼亮了起来。

42　两三天后　大阪　御堂筋

| 那里的巷弄——
　"千草画廊"的招牌。

43　千草画廊（二楼）

| 秋子坐在椅子上看一本小型平装书。
　弥之助进来。

　　弥之助　你好啊。
　　秋子　　呀，欢迎欢迎。上次真是太失礼了……
　　弥之助　哪里哪里，太客气了。那天说过的牛的画作，手头有好的吗？
　　秋子　　啊，我正找着呢……
　　弥之助　那个人，你觉得怎么样？挺风趣的吧？
　　秋子　　这个……
　　弥之助　他是个有趣的人呢……对了，文子跟你提过了吧？
　　秋子　　嗯……
　　弥之助　是吗？——那你意下如何？
　　秋子　　呃，事情来得过于突然，且让我考虑一下……

弥之助　哦，那要慎重考虑一下，好好想想。——你爸爸可是一直挂念着你呢。

秋子　大家都为我操心不少……

弥之助　哪里哪里。——我说，再约他见个面怎么样？找个地方正式认识一下……对方可是眼巴巴地盼着呢。——你意下如何？

秋子　这个……

弥之助　上次，因为你先回去了，他还惋惜了半天呢。（随后笑着起身）——对了，你妈妈的忌辰，听说这次要去岚山呢。

秋子　嗯，是的是的……

弥之助　你也要去吧？——啊，这个季节的岚山，景色不错吧……

| 随后欣赏墙上的绘画。

44　岚山

| 用一两个镜头展现岚山风光（山峦与灯笼，杉树与山脊）。

45　日式餐馆的大厅

| 有万兵卫、久夫、文子、弥之助和他的妻子照子（38岁），

还有秋子、纪子一众人等,大家刚吃完饭,男士们还在喝啤酒。

  弥之助 喂,把那个拿给我——
|随后接过照子递来的啤酒——

  弥之助 久夫君,再喝点儿——
  久夫 不要,再喝就多了。
  弥之助 你酒量不大呀,出乎意料——
  久夫 唉,喝啤酒还真不行,一喝就胀肚子。
  弥之助 哥哥,想不到呀,这么快就长青苔了。
  万兵卫 青苔?
  弥之助 墓拱爬满了青苔,都变成了绿色的,不是吗?
  万兵卫 喔,倒也是啊。
  久夫 虽说都长青苔,可这时间过得也太快了。
  万兵卫 嗯,真快啊,就连幸一去世、秋子寡居,转眼也都过去六年喽。
|随后他四下里瞅瞅——

  万兵卫 秋子去哪儿了?
|席间不见了秋子和纪子的身影。

  照子 刚才和小纪……两人出去了。
  万兵卫 噢。

弥之助　说起秋子，前些日子介绍的那位老板可是诚意满满呢。这位老板也有两个孩子……（然后转向久夫）大的是女孩，底下有个弟弟。（对万兵卫）倒是这种有孩子的更让人放心呢。

万兵卫　那是不错的。（对久夫）你怎么看？

久夫　这不蛮好的吗。——不过问题在于嫂子本人的感受啊。

弥之助　话是这么说的，不过也不能光谈感受心情。秋子还年轻，路还长着呢。首先你要想到，今后她一个人生活行吗？岂非很可怜？

久夫　话虽如此，不过……

万兵卫　不仅秋子的事情，还有纪子，她是怎么想的？亲都相过了。——文子，你有没有探过她的口风？

文子　嗯，问是问过了……

万兵卫　她怎么说的？

文子　既没点头也没拒绝……

久夫　还没明确表态呀。

万兵卫　这样啊。

弥之助　那么你还是要抓紧弄清她的想法。我认为对方绝对是上佳人选。若是对方中意就更好啰。

久夫　我也这么想的，不过，人家（文子）可说了，这种事情急不得。

弥之助　可是不催紧点儿也不行。文子你说是不是呀？还是尽早决断好。（对万兵卫）哥哥你说呢——？

万兵卫　唔，那是再好不过了……

文子　当真是木匠多了盖歪房哟。还是认真地问问纪子的心意吧。——爸爸，好不容易来趟京都，你没有其他事情要办吗？

万兵卫　哪有！

文子笑着起身出去。

万兵卫　（有点儿难为情，取过啤酒对弥之助）喝吗？

给他敬酒。

文子来到走廊上。

文子　（俯视着河滩）秋子和纪子，这两人跑那边去了呀。

46　保津川的河滩

秋子与纪子正在河畔。

两人蹲在河岸上开心地交谈着。

秋子　（笑嘻嘻地说）呵，是吗？——那他是怎么做的？

纪子　（也笑嘻嘻的）请客吃饭，我们从一头排着把所有的食物吃了个遍儿，最后他撑得松腰带呢。胃口真好啊——

秋子　饿坏了吧。

纪子　或许是吧。然后，在酒店吃完饭，我们两个去中之岛散步，这时——

秋子　啊，就只有你们两个吗？

纪子　嗯，大家纷纷说着去吧去吧……

秋子　是吗，之后呢？

纪子　之后他问我："你不喜欢吃西餐吗？"我反问他："那你呢？"他说："虽然吃了那么多，我也并不怎么喜欢吃西餐呢。"——真是个怪人呢。

秋子　不过他蛮有趣呢。——然后又干啥了？

纪子　接下来我们走到一个无人的地方，冷不防的，他紧紧地握住我的手……

秋子　呵，那你的反应呢？

纪子　我也紧紧地回握着他。

秋子　于是呢？

纪子　他说"你的手好冷啊"，久久地握着不肯松手呢。他的手温温的。——可是，一来到有人的地方，他立刻就想放手呢。我便故意逗他，一直那么紧紧地握着他的手。

秋子　于是呢？

纪子　讨厌了，嫂子，一个劲儿地让我说。——你那事儿，进展如何？

秋子　什么？

纪子　姨父给你保的媒——

秋子　哦，像我这样的大妈……

纪子　拿来，一百块——（她伸出手）

秋子　干吗？

纪子　之前咱俩不是约定过，只要嫂子称呼自己是大妈就得给我一百块……

秋子　哦，想起来了。（说着从小钱包里拿出钱）给，一百块——

纪子　多谢了——

秋子忽然看向前方。

秋子　正夫，危险哦。

不远处的河边，正夫与稔正往河里扔石子。

秋子　阿稔！快停下，小心点儿！

两个孩子在打水漂玩。

纪子　哎，嫂子的亲事，怎么样了呢？

秋子　我这样的——

纪子嗖地伸出手来。

秋子　（笑起来）我还什么都没说呢。

纪子　我这手伸得也太快了。
秋子　啊，天气真好呀。
两个人朗声笑着，然后起身离开。

47　晚上　小早川家　走廊

| 不时传来众人的欢声笑语。

48　起居间

| 从京都归来的万兵卫、久夫、文子、秋子、纪子、稔、正夫，大家欢聚一堂，气氛轻松。

  万兵卫 啊，今天很愉快呢。偶尔大家伙儿一块儿去那样的地方走走当真不错哦。
  久夫 是啊。经常出去走走吧。
  万兵卫 嗯，就是就是。
  秋子 今天天气也好，确实……
  纪子 确实舒服啊。（对文子）神清气爽，是不是呀，姐姐？
  文子 嗯。——不过爸爸就有点儿惨啰。
  万兵卫 什么啊？
  文子 这好不容易去趟京都——
  万兵卫 又瞎说。真拿你没办法，哈哈哈哈。

| 大家也都笑了起来。

  久夫 爸爸,你也该休息了……
  万兵卫 是啊,那就休息吧。现在不走更待何时,哈哈哈哈。
| 随后他站起来。

  秋子 晚安。
  文子 晚安。
  万兵卫 晚安。
  文子 小纪,你去照看下。
  纪子 嗯。
| 于是纪子跟在万兵卫身后。

  久夫 (对文子)你呀,有必要这么一遍遍地挑刺吗?难得欢聚一次……
  文子 说出来比较好。这还不够呢。
  秋子 差不多我也该回去了……
  久夫 再坐会儿呗。
  秋子 呃,不过……阿稔,咱们该走了。喂,走了。
| 于是秋子去拎手提包。

这时传来急促的脚步声,三个人看过去,只见纪子神情慌张地跑进来。

  纪子 不好了!爸爸他……
  文子 怎么啦?
  纪子 突然晕过去了。
众人惊慌失色,跟随纪子一起出去。

49 万兵卫的房间

万兵卫躺在那里,手按在胸口,很难受的样子,呼吸急促。大家跑上前来。

  文子 爸爸!爸爸!
  久夫 爸爸!爸爸!——阿纪!快打电话!叫医生来!
  纪子 嗯!
随后跑了出去。

  秋子 爸爸!爸爸——

50　走廊

纪子跑出来,匆匆地看了一眼电话号码,然后拨号。

　　纪子　喂,喂,30转1051……

51　医院

空荡荡的候诊室里,大时钟的钟摆静静地摆动,记录着时间的流逝。

52　深夜　小早川家　起居间

没有人影,空荡荡的……

53　走廊

这里也不见人影……

54 万兵卫的房间

│看上去万兵卫的痛苦暂时平息了,在医生和护士的照看下卧床
休息。
　久夫、文子、秋子以及纪子,几个人不无担心地陪侍一旁。
　房间里静悄悄的,只听到输氧的细微声响。

　　　久夫　怎么样了?
　　　医生　呃,不再发作的话还不要紧。——不过毕竟是
　　　　　　上年纪了……
　　　久夫　哦……
　　　大家　……
│医生为其注射。
　秋子与纪子担心地看着。

55 厨房(素土地面的房间)

│纪子与女佣在破冰块。
　开大门的声响——
　纪子看过去,只见照子和弥之助来了。

纪子　呀！姨妈来了！

照子　啊——

弥之助　这究竟是怎么啦——

纪子　……

照子　白天明明那么精神——

纪子　嗯，从那里回来后突然就……

弥之助　那情况怎样？

纪子　心梗……医生说，天亮前这段时间是危险期……

照子　是吗，该通知的都通知到了吧？

纪子　嗯，发过电报……

弥之助　哦。那先进去看看吧。

于是催促照子，两个人进入房间。

纪子返回厨房继续破冰。

56　拂晓时分　成排的酒窖

酒窖的屋顶沐浴着初升的朝阳。

57　同一时间　厨房

清晨的阳光也照进了厨房。
纪子独自坐在地板框处。突然悲从中来,她强压着声音抽泣着。

58　起居间

清晨的阳光照耀着客厅。(蝉鸣声)

59　白天　工厂的办公室

| 职员们各自做着工作。

丸山　事情来得太突然了。

山口　谁说不是啊,我都被吓坏了,真的。

丸山　大老板从前身体就不太好吧,心脏方面——

山口　错了错了,有问题的是肝脏呢。

丸山　刚才来的那位先生,他是谁呀?

山口　那位啊,大老板的弟弟。

丸山　名古屋的?

山口　错了错了,那位先生是东京的。名古屋的是今天一大早就来的那位女士。她是大老板的妹妹。

丸山　这么说是大阪的那位先生的姐姐啰?

山口　错了错了。听我说,你记好了。大阪的先生的太太,是名古屋的妹妹呢——错了错了,哎呀,我都给绕晕了。——是这样的,大阪的那位先生的太太,是我们大老板的……大老板,是养子,你知道吧……是他过世的太太的妹妹呢。

丸山　这样啊,有点儿复杂啊。

山口　是啊,小早川家族是挺复杂的。——哦,对了,刚才的票据哪儿去了?

丸山　啊,是这个吗?

山口　哦,是它,就是它。

| 于是继续工作。

60　当天　起居间

| 房间里坐着万兵卫的亲弟弟林清造(54岁)、亲妹妹加藤繁(48岁)、弥之助以及久夫夫妇——
桌上放着西瓜。
纪子在添茶倒水。

文子　姑姑,您累了吧,去休息一下?
繁　不用,不用。(对清造)哥哥,您怎么样?
清造　我没事儿。
久夫　不过,大家还是多少休息一下吧,坐了一晚上火车一定累了。
繁　不累,不用不用。——哥哥最近很忙吗?
清造　嗯,挺忙的。你呢?
繁　还是老样子。一直杂七杂八地瞎忙活。

| 秋子到来。

弥之助　怎么样了?
秋子　暂时安稳地睡下了……
繁　看来状况不错呀。定会好起来的。

清造　唔，不过久夫君受累了，在这非常时期……

久夫　唉。……总得想方设法……

繁　这不已经度过危险期了，幸好再没发作……

清造　嗯，这样就好啊。（看看手表）呀，这都三点了……

繁　要是没大碍，我想回名古屋了……事情做到一半就赶了过来……

清造　那样的话，我也想回去一趟。

久夫　您这么忙吗？

清造　唉，真不凑巧，正要召开股东大会呢。

文子　姑姑也是？

繁　呃，——倒不是火烧眉毛的事情，不过目前正在扩建工厂……

文子　既然这样，还希望您能留在这里，叔叔和姑姑都不在的话……也不知道还会不会有突发状况……

弥之助　担心得不无道理，还是这样比较稳妥。——万一有个三长两短的……

这时传来脚步声，大家齐刷刷地看向走廊方向。
纪子走来。

文子　怎么了？怎么样了？

纪子不语，回头瞅着走廊。

  文子 （起身）啊，爸爸！

边说边走。
众人大惊，慌忙起身。

  文子 爸爸，您怎么样，感觉好些了？

头顶着手巾的万兵卫现身。后面跟着照子与护士——

  万兵卫 啊，这一通好睡。——我去方便一下……

说着走了过去。
大家来到走廊上注视着他的背影。

61 走廊

万兵卫打开厕所门，哈哈哈地笑着，举了举手，然后进了卫生间。
紧盯着他的一众人等——

  清造 什么意思？
  繁 这就没事儿了？
  照子 控制住了吧。
  弥之助 这可太好了。

文子激动得差点落泪，她急忙冲进起居间。

62　起居间

|文子坐下来。
　接着纪子也进来了。

　　　　纪子　太好了，姐姐。太好了……
|纪子、文子感慨万千，不由得哭了起来。

63　酒窖风景

| 晴朗的上午。一两个镜头刻画——（旁边晾着伞）

64　酒窖之间的空地

| 万兵卫和正夫在练习棒球的接发球。

　　　正夫　真是的，爷爷，你能不能投出个像样儿的球呀？
　　万兵卫　来吧，瞧好吧，这次肯定是个好球哦！
| 从远处能望见爷孙俩在投接球——

65　小早川家的檐廊

| 秋子与纪子正笑眯眯地望着他们。

　　　秋子　爸爸完全康复了呢——
　　　纪子　确实……
　　　秋子　那般提心吊胆的，像做梦一样。
　　　纪子　阿稔今天去哪儿了？
　　　秋子　郊游去了——
　　　纪子　哪里？

秋子　六甲。

纪子　我也好想去呀。难得有个周末休息——

秋子　他也邀请我去呢,可是孩子们好不容易单独凑一块儿出游,我这样的……

纪子嗖地伸出手来。

秋子　怎么?

纪子　一百块——

秋子　还没说哟。

纪子　耍滑头耍滑头。

两人笑着返回起居间。

66　起居间

两人进来,纪子穿过房间去了走廊。秋子去往里面的房间——

67　里屋

文子在修补东西。

秋子进来——

秋子　有什么需要我帮忙吗？

文子　弄完这个就好了。——嫂子，把那个递给我。

秋子　这个吗？（于是把剪刀递过去，同时说）就连星期天久夫都不得闲啊。

文子　可不是，这个那个的。说到底咱们是家小公司，仅靠自己的力量似乎已难以为继。爸爸好像反对合并，可是……

秋子　真是不容易啊……

文子　冈传那边已经合并了。迟早吧，也许不用多久咱们也……

秋子　到底是大资本强势啊……

文子　爸爸健在的时候，无论如何都想保持现状维持下去，可是……还不知道会怎样呢……

| 忽然看过去——
只见万兵卫面带微笑穿过院子走来——

万兵卫　啊，感觉还不错哟，做做运动真好啊。

秋子　真的，完全恢复健康了……

万兵卫　嗯，什么事儿都没有了。不过让大家操心不少啊，你看这都好了。（说着屈伸几下胳膊）

| 随后便在檐廊边上坐下来。

文子　我说，爸爸——

万兵卫　怎么啦？

文子　我要跟爸爸赔个不是呢。

万兵卫　为什么？

文子　我唠唠叨叨地说了好些难听的话。

万兵卫　这有什么呀，没关系没关系。早习以为常啰。

文子　虽然不该说这话，可万一爸爸就那样撒手去了，我会自责一辈子呢。

万兵卫　哈哈哈，净瞎说。能那么轻易地死掉吗？我还有很多事情放心不下呢，还有秋子的、纪子的亲事。

秋子　对不起，让您操这么多心。

万兵卫　怎么样，还没下定决心吗？——（然后对文子）帮我把这里缝缝吧，开缝了。

文子起身去取针线。
正夫跑过来。

正夫　爷爷，累趴下了？

万兵卫　才没累趴下呢。

正夫　那咱们去玩呀！捉迷藏吧！

万兵卫　捉迷藏呀？——那你先等我会儿。

秋子笑嘻嘻地看着爷孙俩，然后起身离开。

  正夫 快点儿快点儿！

68 走廊

秋子登上楼梯去往二楼。

69 二楼

那边是纪子的房间。秋子到来时，纪子正在写信。

  秋子 不妨碍你吗？在做什么？
  纪子 写封信——
  秋子 写给谁呀？
  纪子 （笑着）无可奉告……
  秋子 知道了。
  纪子 知道什么……
  秋子 你给谁写的信呀。

说着坐下来。

  秋子 那个很能吃的人，对吧？

纪子　不是不是。

秋子　那次相亲后进展如何呀——

纪子　还那样。不过再不答复不行了……

秋子　你怎么想的？

纪子　呃……连一个拒绝的理由都找不到……

秋子　那就赶快嫁过去呗。

纪子　嫂子，真是站着说话不腰疼……

秋子　怎么了？可是，不是挺好的吗，那个人——

纪子　怎么说呢，我若嫁给他，爸爸还有姐姐等，大家都会放心……可我还是做不到……

秋子　你，是不是心里喜欢上谁了？

纪子　（面带笑容）……

秋子　果然被我猜中了。我就觉得是这么回事儿。

说着她站起来。

秋子　他是谁呀？怎样的人？

纪子　这个冬天，我曾跟多佳子他们几个去伊吹山滑雪，你记得吧？

秋子　哦，就是那次的那位？——对了，记得有一次我在阪急百货商场见过呢。就是那个人——？是他吧？

纪子　……（嘻嘻笑着）

秋子　你们经常见面？

纪子　才不，现在他人在札幌。

秋子　札幌？怎么去了这么远的地方啊。——那信是写给他的吧？

纪子　嘻嘻，只是普通的回信哟。

秋子　写什么了？

纪子　（坐到椅子上）没什么……不过是普通回信。

秋子　——虽然我不清楚爸爸还有久夫他们会怎么想，不过无论如何，都要选择不让自己后悔的婚姻，说到底是自己的终身大事。

纪子　我也是这么想的，不过……

秋子　不过，无论是谁都会迷茫的。

纪子　那嫂子也是？

秋子　不，我很幸福，从不曾后悔。即便是现在也很幸福呢。虽然大家都很同情我……

纪子　这么说来，嫂子打算一直这样——

秋子　——我在考虑呢。能否就这样一个人生活下去呢……

纪子　……

70　走廊

|　万兵卫与正夫正在猜拳。
　万兵卫输了。

　　　正夫　爷爷，你是鬼哦。
　　万兵卫　什么啊，又是我当鬼呀。累死我了，不玩了吧。

正夫　耍滑头耍滑头。

万兵卫　爷爷呀，刚刚想起一件事情呢。

正夫　不行不行，你要当鬼抓人。快闭上眼。

万兵卫　真拿你没办法。（于是他闭上眼）这是最后一次啰。

正夫　不许偷看。

于是他便跑起来，万兵卫透过指缝看着他。

正夫　（从走廊偷窥）不行，爷爷不能偷看！

万兵卫　不看不看。

正夫　脸转过去呀。

随后他跑开了。
过了片刻，万兵卫四下里瞅瞅，鬼鬼祟祟地往衣柜方向走去。

万兵卫　准备好了吗？

他一边说着，一边把手放到橱柜抽屉上，有点儿慌里慌张的。文子走过来。

文子　做什么？

万兵卫　啊，捉迷藏呀，我捉他藏。嘿嘿嘿，准备好了吗？

文子似乎有点儿起疑，她一边打量着万兵卫，一边向里面的客厅走去。万兵卫盯着她走远，随后打开抽屉，拿出衣服。

  万兵卫 准备好了吗？

| 文子返回穿过走廊。
 万兵卫盯着她，然后走进客厅。

71 走廊

  正夫 （画外音）还没好呢。

72 室内

| 远远地望过去，只见文子进了浴室。
 万兵卫匆忙脱掉衣服奔向隔扇后面，嘴里喊着："准备好了吗？"

73 走廊

  正夫 （画外音）已经好了哟。
| 文子拎着水桶走出浴室向这边走来。

74　室内

｜一个人也没有。

　　万兵卫　（画外音）好了吗？
　　正夫　（画外音）好了哟。

｜万兵卫一边换着衣服一边从隔扇后边出来。文子已走开。万兵卫跑出去。

75　室内　土间

｜万兵卫从房间出来，从地板框处下到土间。

　　万兵卫　好了吗……好了哟。

｜他一边说一边鬼鬼祟祟地走出门去。

76　走廊

｜正夫走出来。

　　正夫　已经好了哟。

｜……"已经好了哟。"他一边喊一边寻找万兵卫。

77　二楼

秋子与纪子——

秋子　虽说我不太明白如今年轻人的想法,但如果这个人既不喝酒也不抽烟的话,反倒会让人不自在,对吧?在我看来……打个比方吧,即使那个人结婚前多少有点儿不好的品行,我想我也不会过分介意的,不过,若是品性恶劣那是断断不可的。因为即使品行有所改善,品性也改不了呢。

纪子　倒也是啊……

这时响起脚步声,正夫上楼来了。

纪子　怎么啦?

正夫　爷爷呢?

纪子　不知道。

正夫　他没来吗?

秋子　找他做什么?

正夫　捉迷藏呀。他去哪儿了呢?不见了呀。

随后他俯瞰屋外。

正夫　啊,爷爷!他竟然去了那里呀!

78 酒窖之间的小道（俯瞰）

| 只见万兵卫摇着扇子迈着碎步走着。

79 东大寺的路标

| 那条街道。

80 自行车竞赛场

| 赛场远景——镜头中，能看见杉树与寺庙的屋顶。

81 赛场内

| 竞赛已经结束，废纸扔得到处是，人们打道回府。

82 那里的看台

上方的席位上,孤零零地立着常和万兵卫。

> **万兵卫** (一边看着彩票)真是可惜了,这个,——要是反过来押注就好了。
>
> **常** 可不是吗。我还寻思,说不定就是三十二呢……
>
> **万兵卫** 算了,没这个运气。

说着把赛车彩券撕碎,噗的一声吹飞。
彩券飘飘悠悠地落下来。

> **万兵卫** 再怎么烦恼也没用呀!不如去大阪吃饭吧……乌冬面火锅怎么样?
>
> **常** 那还不如回家去,洗个澡然后再喝上一杯。
>
> **万兵卫** 走吧走吧,去大阪!大阪哟!

彩券像雪片一般地从看台上飘落下来。

83 夜晚 大阪 道顿堀

| 霓虹灯风光依然如故——

84 "紫丁香"酒吧

| 一边角落里坐着弥之助与矶村——
两人喝着啤酒,矶村已有几分醉意。

  矶村 (看了看手表)怎么还不来呀?
 弥之助 真够晚的。
  矶村 你也知道真够晚的——
 弥之助 怎么回事儿?
  矶村 你说怎么回事儿?我也正想问你呢。到底怎么回事儿?
 弥之助 会有什么事情呢……(看看手表)明明说过尽量来的嘛……
  矶村 尽量?——你是怎么搞的,为什么不提前说清楚呢?你这样,也太不负责任了!你说是不是啊?
 弥之助 (不好意思)……

矶村　这件事情，从一开始，就是你提出来的，没错吧？

弥之助　这倒没错。

矶村　既然如此，那你还是要担起责任来，行吧？责任！事到如今，还不如当初就没跟她见过面呢。为什么要介绍给我？为什么？这男人吧，对一位女子一见钟情，你知道这有多么难得吗？可遇而不可求，不是吗？

弥之助　……

| 不说话看着矶村。

矶村　怎么了，我说的没道理吗？有错吗？——真无聊啊！换个地方吧！不管去哪儿接着喝吧！

弥之助　（看看时间）可是，她说找到牛的画作了，再等等……

矶村　"再等等，再等等"，说多少遍了，我已经在这里等了两个多小时了！牛之类的画作，已经不需要了！走啦走啦！

弥之助　不过，算了……来，再喝一杯……

| 于是敬酒。

矶村　不要了。够了够了。肚子已经咣当咣当响了，喂！

85　当晚　小早川家　走廊

久夫与文子边摇扇子边说着话——

久夫　不过，也算是好事儿吧。真要有那个精神头……

文子　那倒是好事儿。不过，既然要出去那就出去呗，打个招呼总行吧。

久夫　也是啊……让大家跟着担心，还真是逍遥自在的老爸哟。

文子　今天早晨自己还说呢，去鬼门关走了一遭又回来了，转眼这又……真不省心呢。

这时电话铃响了起来。

久夫　啊，来电话了。

文子起身去接电话。

86　走廊

| 文子到来,拿起话筒。

　　　　文子　喂,是的……嗯……嗯……欸?(紧张起来)怎么回事儿?……嗯……哎……好的,马上过去。
| 随后挂掉电话,匆匆返回。

87　起居间

| 久夫看向她——

　　　　久夫　谁呀,谁的电话——?
　　　　文子　说爸爸情况不好!
　　　　久夫　哪儿打来的?
　　　　文子　是京都的佐佐木,说让咱们赶紧去。一个年轻女子的声音。
　　　　久夫　出什么事儿了?
　　　　文子　具体我也不很清楚,像是爸爸又昏倒了!
　　　　久夫　那可不得了!

│他立刻起身。

  久夫 快,快,必须尽快过去!
│纪子进来了。

  纪子 电话说什么了?
  文子 爸爸情况又不好了!你跟你姐夫马上赶过去!
     快收拾一下!
  久夫 喂,快走!
  纪子 嗯!
│她立刻跑回去。

88 走廊

│纪子跑上二楼。

89 二楼

│纪子到来,匆忙打开衣柜,手忙脚乱地换衣服。

90　当晚 京都的"佐佐木" 玄关

| 大街上走着艺伎。

91　同上 起居间

| 木板窗外，窄窄的走廊上，坐着常和百合子，两个人面朝院子说着话。

　　　　常　还没来啊，应该快到了吧……
　　百合子　就是。——不过，我可是亏大了。
　　　　常　亏什么了？
　　百合子　水貂披肩，化为泡影了。
　　　　常　……
　　百合子　早知如此，不如早点儿让他买呢。河原町¹上了一批好货呢。
　　　　常　那种东西让乔治给你买呗。
　　百合子　乔治才不会买呢。即使买，充其量也不过是个手提包啦。

---

1. 地名，京都最热闹和繁华的商业街区。

|传来开门声——

  常 啊,他们来了!

92 入口

|进来的是新面孔的美国人哈里。

  哈里 哈啰,百合!

93 起居间

|百合子回应他。

  百合子 哈啰!
  常 怎么,乔治先生来了……
  百合子 不是乔治啦,今天这位是哈里。好了,妈妈,我出去了。
  常 这个节骨眼儿,要早点儿回来。既然跟人家约好了,也没办法。

  百合子 知道，我会早些回来的。

说完她便起身，然后冲着死者拜了拜。

  百合子 那我出去了呀。

常缓缓起身，穿过走廊向里面的房间走去。

94 里面的房间

她在死者的床铺边坐下。万兵卫的遗体被平放在褥子上，脸上盖着手巾。看起来那般渺小，令人不忍目睹。

  常 （用团扇给他扇着，淡淡地说着话，但总觉得有些凄凉）怎么就出了这么可怕的事儿，真是的……早知如此，就不去那种地方了（给自己扇着）……你憧憬的好日子不会有了……真不走运呀……而且这么热的天……

玄关大门开了。
听到响动，她转过身来。

95　入口

| 久夫与纪子到来。

  久夫　打扰了。——有人在吗——
| 常起身。
 她来到玄关。

  常　您好。
  久夫　啊,我是小早川……
  常　呀,请请,快请进来——
  久夫　情况怎样了?
  常　唉,请进来说……
| 她一边动身走着,一边说着"请"。
 常带着他俩穿过走廊走向里屋。

96　里屋

| 两人进来,一眼看到万兵卫的遗体,吓了一跳,随即崩溃般地瘫坐下去。

常　事情真的太突然了……是八点二十三分……

久夫与纪子望着万兵卫的遗体，一动不动。

常　大概是几点左右呢……先生过来了，然后我陪着他出门……先生说要去大阪，不过我再三劝阻，于是回到了这里。然后我去那边洗手，先生就坐在那里，说不上什么，我就觉得他有些不对劲儿，突然他便这样捂着胸口……

久夫　是吗……

常　一看这样，我马上喊来医生……（垂下头）可还是来不及了……

久夫　是吗……

常　真是痛苦啊。

久夫　是吗……那么，家父可曾留下什么遗言……

常　这个……对了，"这就结束了？这就结束了？"他这样说了两遍吧……就是一转眼的工夫……人生无常啊……

纪子突然放声大哭。

风铃声幽，寂然飘落——

97　田地

| 农夫（57岁）与农妇（48岁）在田里耕种。

女人　喂，你看，今天怪了，乌鸦特别多，有没有啊？

男人　嗯，是啊。

女人　又有谁过世了吧？

男人　或许是吧……不过，火葬场的烟囱并没有冒烟呢。

女人　哦，倒也是呀……

98　田地对面

远远望去，有一座火葬场——
（烟囱没有冒烟）

99　火葬场

那个没有冒烟的烟囱——

100　那里的等候室

秋子、纪子、久夫、文子、弥之助、照子、山口，还有其他两三位男女，大家在等着拾骨灰。

　　弥之助　文子，累坏了吧？

文子　不，也没多累。

弥之助　今后，久夫君要受累了啊。

久夫　唉……

弥之助　你想好怎么办了吗？公司——

久夫　我也在考虑这件事儿呢……不过，这个那个的，真是头大呢。

弥之助　还是要合并吗？

久夫　差不多就那样吧……

弥之助　这可是天大的事情啊……

| 他移开视线。

文子　爸爸在世时也很担心，不过……

久夫　我是这么想的，要是合并了，我们便有了大公司助力，我还能在那里工作，这不好吗……

弥之助　做个工薪族吗？

久夫　唉……

弥之助　唔，这样啊……

文子　虽然总觉得爸爸不可靠，可转念一想，小早川家之所以能维系至今，到底还是仰仗爸爸的庇护啊。

| 大家你一言我一语地说着，不知何时，已不见了秋子与纪子的身影。

101 火葬场后边的栅门附近

在栅门对面,是绵延不绝的田地,秋子与纪子便在此处,两个人静静地交谈。

秋子　久夫也很不容易啊……可我还是觉得,至少在你出嫁之前保持现状就好了……

纪子　——昨夜,我也想过这个问题,考虑了一整晚,不过,说到底还是让自己心安最为重要,不是吗?

秋子　你想说什么——?

纪子　爸爸这一走,我想了很多,虽说嫁去大家推荐的人家会比较好,可那样一来我过不去自己这道坎……

秋子　——?

纪子　你想,我嫁过去或许对小早川家多少有些帮助,可若不能正视自己的内心,我想日后又必定会后悔的,左右为难啊……

秋子　那么,你的决定是?

纪子　我还是……

秋子　还是?

纪子　还是去札幌吧。

秋子　嗯。——我也真心觉得这才是上上之举……

纪子　嫂子，你果真这么想吗？

秋子　嗯，毕竟你还年轻，尽可能幸福地生活吧。

102　等候室入口处

| 山口与丸山坐在那里，两人在聊天。

山口　哎，你看日历了吗？

丸山　嗯。

山口　你看，后天举行告别仪式呢。在报纸上公告一下比较好啊。

丸山　明天的早报会刊出的。

山口　哦，那还好……这样……对了，大家的午饭事宜……

丸山　啊，那件事情我又打过一通电话。车辆安排妥了？

山口　不用了吧，就在河对岸，没必要坐着车子转来转去的。这么近，步行去吧，你陪同大家。

丸山　一共八位吧？

山口　不对不对，九位呢。

| 这边说着，忽然看过去——

  山口 呀,名古屋的夫人到了。

繁匆匆赶来。

  山口 啊,您好。

丸山也鞠躬行礼。

  山口 那,请吧。请移步那边。

繁上来然后去往里边。

103 等候室

繁来到。

  文子 您来了,姑姑——
  久夫 啊,请,请。
  繁 真是不得了啊……怎么回事儿呀?(坐下)这么突然,还是……(她按着胸口问文子)还是因为这里吗?
  文子 嗯……说没就没了……
  繁 不过,卧床不起拖延久了也不好办呢……
  文子 话虽如此,可终究……
  繁 对了,那什么,他有没有留下什么遗言?
  久夫 这个……"这就结束了?这就结束了?"只有

这句话,说了两遍……

繁　呵,就这么句话?

久夫　是的。

繁　(笑起来)真是个无牵无挂的人啊……他没准儿在想,再也不能随心所欲地做喜欢的事情了……真不负责任啊。(说着又笑起来)他还惦记很多事情吧,这样可不行啊,哥哥欲念深重呢。

弥之助　唉,我也听说过一句话……

繁　啊,你好。

弥之助　你好……说这人啊,似乎死到临头也很难醒悟呢,即便如哥哥这般率性洒脱之人。——太政大臣[1]也不例外,临终之际,不也曾说过,难波[2]的历历往事是他的梦中之梦吗?

繁　确实是啊。(对文子)东京的叔叔呢?

文子　还没来呢……

繁　是吗,那他一定很忙。——那,早知道是这种结果,就别折腾了,上次咱们大家聚一起那会儿,他要是死了倒也省心了,哈哈哈哈。——

---

1. 日本律令制度下的最高官位,与左大臣、右大臣并称"三公"。文中指丰臣秀吉,他于1587—1591年间担任太政大臣。
2. 大阪市及其附近地区的古称。

他从年轻时就做自己想做的事情……撂下祖辈的家业……挥霍钱财……确实游手好闲，令人生气呢。不过，现如今像他那么幸福自在的人也不多见呢。——可是，这人一旦没了，一切便都烟消云散了。

说着说着突然啜泣起来。

文子也哭了。

104　走廊

在那边的照子忽然看向天空，"啊——"的一声站了起来。

屋内的久夫、文子、繁等人，见此情景，都向走廊走来。

然后大家静静地望向天空。

105　烟囱

青烟随微风飘动。

106　走廊

静静地仰望着的五个人——

107　后门附近

秋子与纪子也静静地注视着那缕青烟。

108　烟囱

微风中飘荡的青烟——
火葬场远景。飘荡的烟。

109　田地

正在耕种的夫妇——

  女人　（放下手头活计）哎，你看，到底还是有人死了，冒烟了哟。
  男人　啊，冒烟了……

110　火葬场的远景

烟囱冒出的青烟飘散空中。

111　田地

> **女人**　——若是老头儿老太太倒也没什么,这要是个年轻人就可怜了呀……
>
> **男人**　唔……不过,不断地死去,不断地出生,生命就是这样循环往复啊……
>
> **女人**　是啊……是这个理儿……

然后两人继续耕田。

112　桥 远景

拾完骨灰,从火葬场出来,一行人三三两两,返回饭店吃午餐——
久夫抱着骨灰盒。
走在最后的是秋子与纪子。

> **秋子**　等你出嫁后,这个家就更寂寞了……
>
> **纪子**　嫂子,我若去了札幌,你可一定要来看我。真希望你能常来。
>
> **秋子**　嗯,一定会去的。——不过太远了……
>
> **纪子**　那么,嫂子你呢,今后做何打算?
>
> **秋子**　我吗?——我这样就不错哟。一切照旧吧。再说阿稔也逐渐长大了,为了那孩子,最好是维持现状。

纪子　颇具嫂子风范。

秋子　管它什么风范的……咱们快走吧，不能落后太远啰。

于是两人并肩走着。

在一行人最后，秋子、纪子步履匆匆地追赶着。

113　停在桥梁上的乌鸦

114　河滩

有乌鸦四五只，在河滩上觅食——

115　石佛

一只乌鸦栖落在石佛的头顶。

—— 终 ——

秋刀鱼之味

> 1962年（昭和三十七年）
> 宝塚映画/东宝
> 现存剧本、底片、拷贝
> 7卷，2815米（103分钟），彩色
> 1962年11月18日公映

职员表

- 制片　山内静夫
- 编剧　野田高梧　小津安二郎
- 导演　小津安二郎
- 摄像　厚田雄春
- 美术　滨田辰雄
- 音乐　斋藤高顺
- 录音　妹尾芳三郎
- 照明　石渡健藏
- 剪辑　滨村义康

三浦丰	吉田辉雄
坂本芳太郎	加东大介
『薫』老板娘	岸田今日子
『若松』女掌柜	高桥丰
菅井	菅原通济
渡边	织田政雄
佐佐木洋子	浅茅忍
田口房子	牧纪子
公寓的女子	志贺真津子
醉客A	须贺不二男

出场人物

平山周平　　　笠智众
路子　　　　　岩下志麻
和夫　　　　　三上真一郎
章一　　　　　佐田启二
秋子　　　　　冈田茉莉子
河合秀三　　　中村伸郎
信子　　　　　三宅邦子
堀江晋　　　　北龙二
玉子　　　　　环三千世
佐久间清太郎　东野英治郎
伴子　　　　　杉村春子

1 川崎的工业地带

|用两三个镜头刻画此地风光——

2 某工厂办公室

办公室外景——

3 办公室中的一间

有两张办公桌——其中一张办公桌前,监事平山周平(57岁)戴着老花镜正在检查档案文件,看上去也不是很忙。
传来敲门声——

  平山 请进。

女办事员佐佐木洋子(32岁)进来,将文件放在平山案头,平山保持原有状态继续工作。洋子在房间角落处开始备茶。

平山　哎，待会儿再去也行——（从刚才看的文件中抽出一部分）这份文件送去常务董事那里。

洋子　好的。

过来取文件。

平山　辛苦你啦。

洋子　哪里。

接过文件返回去继续备茶。

平山　田口怎么回事儿啊？昨天今天都休班呢。

洋子　没什么呢，她呀，要结婚了——

平山　哦，那么，是要辞职了？

洋子　也许……

平山　这是喜事呀。——她多大年龄？

洋子　呃，也不过二十三四岁吧。

平山　二十三四……你丈夫是做什么的？

洋子　……我还没结婚……

平山　噢，没结婚啊……

  洋子 是啊，因为家里只有我和父亲两个人……
  平山 这样啊。——那，总归是要招女婿的。
  洋子 （笑着）……
  平山 得遇良人就好啊。
| 洋子笑着，拎着水壶出去了。

4 走廊

| 平山的中学同窗、大禾商事常务董事河合秀三到来，与洋子擦肩而过。
河合敲门而入。

5 室内

| 平山目光迎着他。

  平山 哟，什么风把你吹来了？
  河合 没什么，正好来横滨转转。

平山　哦。——你太太没冲你发脾气吧？上次那事儿。

说着起身走到桌前。

河合　哪能呢，没生气，没生气。她倒觉得很有趣呢。
平山　这人一喝酒就会说些过头话。
河合　过头了，过头了。彼此彼此。

两人相视而笑——

河合　对了，你家路子，多大年龄？
平山　怎么啦？二十四喽。
河合　我这有个不错的人选，不考虑一下？
平山　嗯？
河合　提亲呢。直说吧，是我老婆给牵的线，对方颇有兴趣。据说这位是医科毕业，现在留校担任助理。今年二十九岁。以上信息准确无误。——你意下如何？
平山　唔，提亲啊……

河合　难不成还有其他提亲的?

平山　没，没有。虽说没有提亲的，不过，这件事情还没考虑呢。

河合　所谓的还没考虑，是你……

平山　不是，是那孩子完全没有这方面的意识，还是个孩子呢，根本没有女人味……

河合　错，有的。而且女人味十足呢。有的。

平山　是吗? 或许有吧。

河合　有，有。试试看呗，肯定行的。

平山　倒也是……对了，刚才堀江来电话了，想见个面，谈谈同窗会的事情。

河合　什么时间?

平山　就今晚呢，在"若松"。——给你打过电话了吧?

河合　自从娶了年轻的续弦，这家伙可是精神得很呢……莫非是（扮成吃药的样子）吃了那方面的药?

平山　也未可知。

两人都笑起来。

河合　我说，路子的事情你还是认真考虑一下吧。
平山　嗯啊。——怎么样？今晚没问题吧？
河合　不行。有晚场比赛呢，大洋对阪神[1]。我就是为看比赛来的。一天两场比赛。
平山　棒球赛留待日后再慢慢看吧，行不行啊？
河合　不行。今晚可是高潮呢。真不能附和堀江的提议呢。
平山　别啰唆了，一起去啊。
河合　不去不去，今天不行。
平山　哎，你得了吧，一起去。
河合　不去不去，今天真不行哟。

---

1. 大洋、阪神都是日本职业棒球队名称。

6　当晚　川崎球场

| 晚场比赛的灯光照亮了夜空。
　用一两个镜头展现轰轰的呐喊声及赛场风光。

7　当晚　电视画面

| 正在直播晚场比赛。

8 当晚 西银座的小餐馆"若松"店内

边看电视边喝酒的客人们——

9 餐馆的小房间

平山、河合，以及他们俩的中学同窗、私立大学教授堀江（57岁），三人正在喝酒。
电视里传来"哇哇"的呐喊声。

  河合 噢！进球了吗？

他侧耳倾听。平山与堀江则对棒球完全不感兴趣。

  平山 喂，菅井那家伙是在哪里遇见他的？
  堀江 在电车中。据说他看到一个怪老爷子，捡人们不要的报纸读，感觉非常面熟，此人正是葫芦。
  平山 噢——葫芦也是一大把年纪了。
  堀江 我还以为他早就不在人世了呢。
  河合 啊呀，他那种人怎么会死呢。死不了的。杀都杀不死他呢。
  平山 你不会还在生他的气吧？
  堀江 因为汉文，这家伙被葫芦折磨惨了。
  河合 残暴无情的葫芦哟，而今聚会就不必请他了。

平山　还是邀请一下吧。

河合　请他的话，我就不参加了。

堀江　不要这么说啦。这次同窗聚会不就是为了他吗？

平山　你要是不参加可就没意思了。必须去。

堀江　去吧，去吧。

河合　（非常干脆地说）不去，不去。

这时，他忽然瞥见老板娘端着酒壶过来。

河合　喂，谁赢了？

老板娘　还那样。分数相同，二比二平——给，很烫呢。

平山　哦。

将酒壶接过来。

老板娘　堀江先生，太太怎么还没到啊？

河合　怎么，你老婆要来吗？

堀江　嗯，一会儿过来。

平山　真来吗？

堀江　啊，要来的。她刚才去见个朋友，过会儿就来了。

老板娘　真是年轻又漂亮的太太呢……

堀江　哪里……

河合　你最近无论去哪儿都带着老婆吗？

堀江　这个嘛，差不多吧。

平山　你在吃那个吗？

堀江　什么？

平山　（做出吃药的动作）那方面的药……

堀江　我还没那个必要呢。不需要。——老板娘，感觉怎么样？

老板娘　什么呀？

堀江　就那方面的……

河合　听说你给老公吃过呢，那种药——

老板娘　啊呀，真是讨厌呢。——那，稍后给您上酱汤。

│说完，返回大厅。

平山　喂，来一杯吧。

│给堀江倒酒。

堀江　噢。（接受，一本正经地）不过嘛，有些话只能在这里说说。

平山　什么？

堀江　呀，我是说正经的。

河合　什么？

堀江　不能大声嚷嚷的，很美妙呢。

河合　什么事情？

堀江　年轻啊。（掐着脸）年轻太太的感觉还真不错。啊哈……

河合　说的什么话啊。

堀江　呀，正经话，真的呢。

平山　跟你闺女相差几岁来着？

堀江　三岁。不过吧，那事儿跟这个没关系。

河合　还真是幸福呢。

堀江　的确呢。太开心了。——（对着平山）怎么样？你也开启第三人生吧。

平山　是吗，果真那么美吗？

河合　（对着平山）打住，打住。你还是保持现状的好。与其考虑这事倒不如想想嫁闺女呢。

堀江　不过，我可是真心话——

河合　知道啦，都听烦了。

堀江　可别传出去——

老板娘进来。

老板娘　您太太来了，堀江先生。

堀江　啊，好的。

说着欠身起来。他的老婆玉子（28岁）在老板娘"请""请"的催促声中姗姗来到。老板娘又返回吧台。

堀江　（迎上前去）啊，来了。——怎么样，跟朋友见面了——？

玉子　嗯。

堀江　那，快上来吧。

河合　呀，来了。

平山　欢迎。

玉子　好久不见……

河合　是啊，挺好的吧？一起坐会儿？

玉子　呃……

平山　太太，快上来吧。

河合　请，请吧。

玉子　呃……

堀江　你买完东西了？

玉子　嗯。

堀江　不上来坐会儿？

玉子　那个，我已经……

堀江　哦，那我们回家？对了，给我买药了吗？

玉子　嗯。

堀江　那我先吃药吧。

河合　什么药啊？

堀江　别想歪了，是维他命。

玉子　回家后再吃好吧？

堀江　说得是，咱这就回吧。那我们告辞了。——

　　　　　（对两个人）抱歉啊，我先走了。
平山　同窗会的事情，怎么办呢?
堀江　不好意思啊，就拜托二位了……好好办哦。
玉子　那，告辞了。
二人　呀……

于是，玉子先行一步走了出去——

河合　喂，我可是放弃了晚场的棒球赛特地赶过来的。
堀江　晚场比赛而已嘛。
平山　你不吃饭了?
堀江　我们回家后吃呢。——那，再见，失陪了——

说着便往外走，刚出门又马上探头进来。

堀江　批评意见留待日后吧，说我什么都行。

行了个礼堀江便回去了。
余下两位目送他离开——

河合　怎么会沦落到这般地步呢! 真是个笨蛋。
平山　就是。
河合　我可不想变成这样呢。——喂!（拍着手）拿酒，拿酒来……

10　当晚　平山家　起居间

| 时间过了九点——
　起居间空无一人。
　玄关开门声——

11　玄关

| 归来的平山。

　　　平山　喂，可以上锁了吗？
| 边说边上锁。
　平山女儿路子（24岁）从里屋出来。

　　　路子　您回来了。

平山　嗯，回来了。

路子　哎呀，又是一身酒气。

平山　是吗？今天没喝多少啊。

随后进了房间。

12　起居间

父女俩进来。

路子　爸爸，你没遇见哥哥吗？

平山　他来过了？

路子　嗯，刚走没一会儿。

平山　什么事儿？

路子　呃，不清楚呢……他给了我这个，甜甜圈，还剩下一个。

平山　哦。

茶几上放着糕点盒。

这时次子和夫（学生，21岁）出来了。

和夫　您回来了——

平山　嗯。

路子　爸爸，吃饭不？要茶泡饭吗？

平山　啊，不吃了。

和夫　那，我把这个吃掉啦。

说完便开始吃剩下的甜甜圈。

路子　（对平山）富泽从明天开始就不来了呢。

平山　为什么？

路子　说是她嫂子过世了，要回老家去。

平山　这样啊，改天再物色一个吧。

路子　富泽说拜托协会帮忙物色，但似乎没有合适的人选呢。

平山　噢，这可麻烦了。

路子　也没什么，大家自己做吧。不过都得早些起床哦，小和也是。

和夫　我晚点儿起也行吧？明天可是休息日呢。

平山　我明天也得睡到日上三竿。

路子　那这样吧，明天我自己早起。我出去后，你们两个好好收拾一下。我可见不得乱七八糟的。

两个人都不吱声。

路子　爸爸，今后再晚回家的话记得打电话回来哦。——小和你也一样，否则回家可没饭吃。

│两个人依然不吱声。
　路子有点儿悻悻然。

  和夫 姐姐,我那条深灰色的裤子,不知放哪儿了,你帮我找出来吧。
  路子 可能在二楼的衣柜里。自己去找找。
│说完去往厨房方向。

  平山 (仿佛自言自语)——幸一来家里究竟为什么事儿呢?
  和夫 不知道哟。给他去个电话问问不就得了?已经到家了。
│两个人便又沉默下来。

13 厨房

│一个人收拾厨房的路子。

14 当晚 住宅区 二楼走廊

│大约十点。

平山的大儿子幸一（工薪族，32岁）归来。
他打开自家的房门。

15　室内

幸一进来，脱下鞋子。
他的老婆秋子（28岁）从里屋出来，一边用毛巾擦着手。

  秋子　回来得有点儿晚啊。

  幸一　哦，顺便去了爸爸那里。你早就回来了？

说着进入房间。

  秋子　也不是特别早……爸爸怎么说？

  幸一　他不在家。

说完走向里头的起居间。

16　起居间

幸一从皮包里拿出书。

  幸一　这是路子回赠我们的。

秋子　啊，西式裁剪缝纫的……我能学会吧？

幸一　怎么办呢？——爸爸那边，等过几天我再去趟吧。

秋子　应该的。——（转换话题）你知道山冈先生吗？

幸一　谁？

秋子　三楼的，就住在咱们楼上的……

幸一　哦，是不是在共和生命保险上班……

秋子　嗯，他家太太，前几天住院了呢。

幸一　是吗，她怎么了？

秋子　已经出院了。生了个可爱的小宝宝，男孩……

幸一　哦，生孩子啊。

秋子　不过，他们说要给孩子起名"幸一"呢。这不跟你重名了吗？我就跟他们说了，不要起这个名字呢。

幸一　不挺好的吗，幸一——

秋子　才不好呢，万一他长大后，变得跟你一样，这好不容易得来的宝宝，多悲催呀。哼。（说着站起来）幸一，有你一个就足够啦……

随后她便去了厨房。

秋子　吃葡萄吗？我在回家的路上买的……

幸一　明天吃吧。我困了。——铺床吧。

　　　　秋子　等会儿吧。我还要吃呢。——自己铺呗。
｜幸一沉默，呆坐一边。

　　　　秋子　（一边吃着）买电冰箱，我觉得还是一次性付款
　　　　　　　划算，再说还有折扣……
｜幸一没有回应，忍住了哈欠。
　秋子继续吃着葡萄。

17　丸之内大厦

｜沐浴着明媚的阳光——

18　大和商事的窗户

19　大和商事的走廊

｜路子拿着文件走来。
　她敲了敲常务董事办公室的门，听到回应，推门进入。

20　常务董事办公室

路子将文件放在河合的书桌上,便准备离开。

河合　等一下,路子——

路子　(转过身)是。

河合　你有没有听你爸爸提起过?

路子　什么事儿?

河合　婚姻大事呀,你的——是门好亲事呢。

路子　他没提。

河合　你爸爸什么都没说啊?拎不清的家伙呀。——你怎么看?想不想嫁人呀?

路子　(笑着)……

河合　表个态呀。——你怎么想的?

路子　可是,我出嫁的话家里就麻烦了。

河合　为什么?

路子　说不上为什么……就是很难呢。

河合　因为担心家人为难,这样说来,无论什么时候你也嫁不出去呢。

路子　那就算了吧。不嫁吧。

河合　不妥，这可不妥呢。一直这样下去你就变成老姑
　　　　　　婆了，岂不更麻烦！——你还是问问你爸爸吧。

| 敲门声——

　　　河合　请进。
| 事务员拿着文件进来。
　事务员打了个招呼便准备离开。

　　　河合　哎，你等一下，平山——
　　　路子　（转回身来）——
　　　河合　你爸爸他，有没有说过要去参加今天的同窗会？
　　　路子　嗯，说了。
　　　河合　哦。
| 路子略施一礼便出去了。
　河合接过事务员送来的文件，大致浏览了一下然后盖章。

21　当晚　银座背面的小酒馆"立花"

| 透过与隔壁店铺之间的空隙，能看到霓虹灯广告塔。
　——并非很高级的酒馆。

秋刀鱼之味　307

22 "立花"酒馆 走廊

有许多脱下来的拖鞋。
——不时传来谈笑声。

23 "立花"酒馆 日式客间

这里是参加同窗会的伙伴们的聚会场所。
平山、河合、堀江、菅井、渡边、中西等人,围着绰号为"葫芦"的老教师佐久间清太郎(72岁)。除了老师,他们几个都是年龄相仿的同班同学,隔着桌子正谈笑风生。酒席过半,老教师右手持筷,左手举杯,口若悬河,举杯畅饮。
伙伴们也相互间敬来敬去——

  河合 来杯这个,怎么样?
举着威士忌问佐久间。

  佐久间 哦,是威士忌啊,来一杯吧。
于是递出玻璃酒杯,接受斟酒。

  河合 老师,狮子现在什么情况?
  佐久间 狮子?
  堀江 就是教数学的……宫本老师……

佐久间 噢，那位老师已经过世了。他可是个好人啊……

菅井 天皇怎么样了？后醍醐天皇[1]。

佐久间 噢，教历史的塚本老师，他还健在，现在定居鸟取县。直到如今，每年我都会收到他的贺年卡呢。对啦，还有教物理的天野老师。

河合 哦，是狸子吧？

佐久间 他绰号狸子啊？他儿子非常优秀，当了参议院议员。他现在过着舒适的退休生活呢。

平山 这样啊。

渡边 老师，您有个女儿吧？

佐久间 是的。

菅井 啊，记得是个非常可爱的姑娘呢……

佐久间 哪有啊，说来惭愧……

河合 抱上外孙了吧？

佐久间 怎么说呢，早些年我老婆就过世了，闺女也至今单身。

河合 哦，那可是……

佐久间 诸位的孩子们也都很优秀吧……（对堀江说）有孙子了？

---

[1] 日本第九十六代天皇，这里指给老师取的绰号。

堀江　呀，还没有……
平山　这家伙有能耐，刚娶了一位跟他孙子一般大小的年轻太太呢。
河合　好像过得还挺滋润的。
佐久间　是吗，那真是可喜可贺。

于是哄堂大笑。

佐久间　堀江，你那时好像是副班长吧？

堀江哈哈哈地笑着。

河合　这家伙现在也还是副班长呢，他老婆才是班长。

大家哄堂大笑，老师有点儿跟不上拍。

佐久间　哈……原来如此，原来如此——（喝了口汤，又用筷子夹着块肉，问邻座的河合）这是什么？
河合　是海鳗吧。
佐久间　火腿？
河合　不是，海鳗……
佐久间　啊，知道了，海鳗——原来如此，真是好东西呢。呃，是鳗啊……"鱼"字边加一个"丰"[1]……

---

1. "海鳗"中的"鳗"在日语中用汉字写作"鱧"。

平山 （取过啤酒）老师，喝杯啤酒？

佐久间 噢，啤酒吗？多谢啦……

取过面前的杯子接受斟酒。

渡边 可是老师，只您和女儿两个人一起生活很寂寞吧……

佐久间 唉——这么多年我已经习惯了……女儿怎么想的我也不太清楚……不说这个了，今天承蒙大家关照，真的是心满意足……

平山　来来，请干了这杯……

平山给添上啤酒。

佐久间　呀，还喝啊（举杯接受）——啊，今天过得真愉快。正如方才某位所言，大家中学毕业已经四十年了。诸位如今都很有出息，在繁忙的工作之余，还专为葫芦我举办这场聚会，承蒙大家热情款待……

河合　好啦，老师，再来一杯怎么样……

佐久间　好的（接受斟酒），啊，谢谢！——唉，战后人心日益疏远，今天晚上，我却感受到来自诸位如此这般的热情……呵，葫芦是幸福的人呢……谢谢了……多谢诸位。

一番感慨夸赞之后，他寻找着什么东西。

菅井　您找什么？
佐久间　噢，我的帽子……
平山　再喝会儿吧，还早着呢。
河合　我开车送您呢。
佐久间　啊，该告辞了……

然后继续寻找帽子。

中西　老师,帽子在楼下呢。

佐久间　哦,是的,这个,这个……

他咕哝着站起身来,目光忽又移到桌子上,将剩下的酒喝掉。

菅井　(取过那瓶威士忌)老师,请带上这个吧。

佐久间　哎呀,这好吗?太感谢了……由衷地感谢诸位……那,向诸位告辞了……

渡边　这就回去吗?

佐久间　啊,多谢,多谢各位!

平山　那好,我也一起回去。

菅井　嗯,那就这样。

于是,河合与平山跟着佐久间走了出去。菅井紧随其后。

24　走廊

三人在菅井的目送下步下台阶。

菅井　那就拜托二位了。——再见。

说完返回客间。

25 客间

| 菅井归来。

  堀江 回去了吗?
  菅井 嗯,——葫芦非常高兴,对吧?
  渡边 他大概没吃过海鳗吧,只知道字怎么写。
  堀江 那个蒸蛋羹,他连河合的那份都吃掉了,狼吞虎咽的。
  中西 但他毕竟一把年纪了,枯瘦了许多呢。
  菅井 枯瘦的葫芦呀……话说,咱们也算积德行善吧。

| 大家一齐笑了起来。

26 当晚 郊外 偏僻巷子

| 汽车停了下来。
 河合与平山搀扶着佐久间下车。佐久间喝得醉醺醺的。

  佐久间 到了,到了,就这里。

| 说着迈开步子走起来。

平山　您没事儿吧，老师——

佐久间　没事儿，没事儿……

| 在这条胡同里，佐久间经营着一家小饭店——"燕来轩"中华荞麦面馆。

佐久间　啊，那瓶威士忌——

河合　只剩空瓶子咯。

佐久间　空瓶子？……嘿嘿……

| 进入"燕来轩"。

27　"燕来轩"店内

| 佐久间在平山与河合的搀扶下进入店内——

佐久间　喂，伴子——（大声喊着，又对着二人）快请坐，请坐……喂，伴子……

| 说着便一屁股坐到旁边的椅子上。
他的女儿伴子（48岁）从里屋出来。

伴子　（打了个招呼，然后皱着眉头）爸爸，你是怎么搞的——

佐久间 什么？——啊，真痛快……

河合 是啊，老师今天非常开心……

佐久间 呀，真痛快……伴子，这两位先生送我回的家……河合先生与平山先生……

伴子 （转向二人）真是太麻烦二位了，专程送回来。——爸爸他总是这个样子。

佐久间 闭嘴！说的什么话……噢，快活……河合君——

河合 怎么了？

佐久间 你出息大了……不过从前你可是非常顽皮呢……唉，恕我有眼不识泰山……伴子，拿啤酒来！

平山 （对着伴子）啊，别拿了。

伴子 可你们难得来一趟……

河合 请别张罗了。

平山 我们这就告辞了……

佐久间 还不够……再喝杯……喂，平山！平山君……

平山 怎么啦？

伴子 （责备的语气）爸爸——

佐久间 就喝方才我收到的那瓶怎么样……上好的威士忌……

平山 老师，那瓶酒您已经在车里喝光了呢。

佐久间　呃？我喝了？……啊啊，喝了，喝了，已经喝光了……你从前记忆力就很好。

河合　（对着伴子）那，请照顾好老师……

平山　告辞了。

伴子　真是给二位添麻烦了，抱歉……

河合　失陪了。

平山　失陪了。

二人正准备回去。

佐久间　再待会儿！喂，河合！平山！——伴子，拿啤酒！

伴子将二人送出去再返回来。

佐久间　（意犹未尽地咕哝着）啊……痛快……真是痛快……唔……喂，平山！河合！

他在咕哝声中瘫软下来。

伴子盯着他看，逐渐悲从中来，掩面抽泣。——远处传来廉价的唱片歌曲。

28　中午时分的西银座

大厦屋顶的广告塔——

29　西银座的某胡同

| "若松"的招牌——
　店内有两三位客人。

30　店内小房间

| 平山与河合过来吃午饭，他们面前摆
　放着半圆形便当，正喝着啤酒。

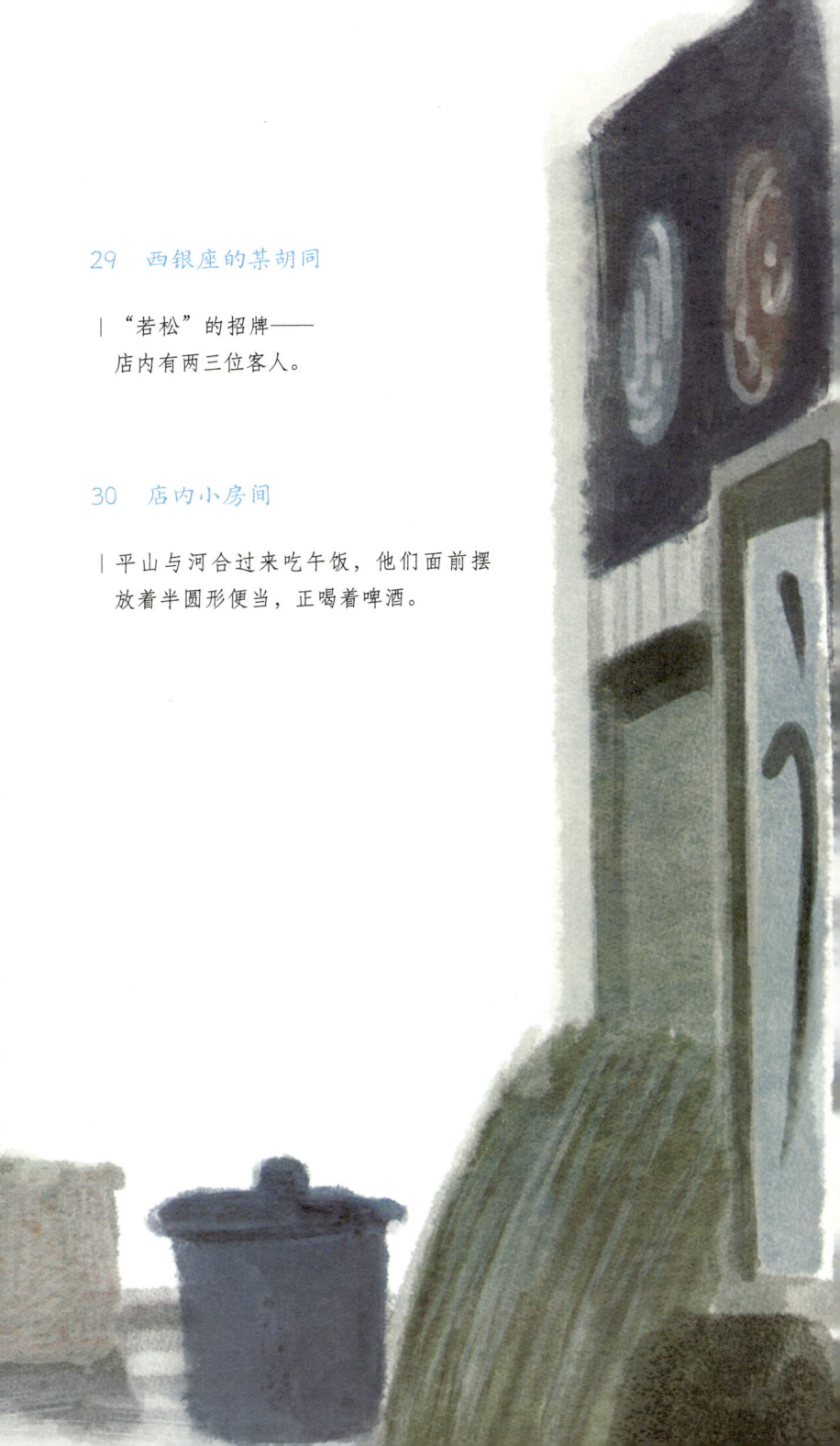

河合　菅井知道葫芦经营着一家小型荞麦面馆吧？
平山　他若知道就会说的。——不过，我还是没想到。

河合将啤酒放下。

河合　他那个闺女透着古怪啊。感觉不太好说话，语气硬邦邦的。那样一来葫芦更寂寞了。
平山　嗯，我可不想变成那样啊。
河合　你会的。
平山　不会，我不会那样。
河合　未必，很有可能。趁早把路子嫁了吧。
平山　倒也是啊。
河合　当然啰。
平山　不会吧，我不会那样吧。

说话间目光看向别处。
老板娘到来。

老板娘　要啤酒吗？
河合　不用了。（转过头来）一会儿还要工作呢。
老板娘　今天怎么没看见堀江先生？你们不是总在一起吗？——他夫人当真是既年轻又可爱呢……
河合　是啊……真可爱啊……（转向平山）喂……
平山　嗯？
河合　其实挺可悲的呢……

平山　唔……是啊。

老板娘　出什么事了？

河合　昨晚我们还为他守灵呢。

老板娘　谁啊？

河合　还能有谁？堀江呗。

老板娘　怎么可能！

河合　因为今天是友引日[1]，所以定在明天举行告别仪式。

老板娘　真的假的啊？

平山　刚才我俩还商量吊唁事宜。——（对河合）我说，花圈就不要了吧？

河合　嗯，那东西纯属浪费……不要也罢。

老板娘　好好的怎么说没就没了呢？

平山　他那个人本就血压高嘛。

河合　说到底还是年轻媳妇作祟啊。

老板娘　真的吗？

河合　老板娘你也得注意下哦，那事适可而止吧。

| 老板娘忽然转过头去——

老板娘　真讨厌呀，就会开玩笑——人家这不来了吗。
| 堀江到来。老板娘返回。

---

1. 日本有一种把月份分为六天一周、循环使用的记日方法，一周中的第二天即为友引日，这一天忌出殡。

老板娘　欢迎光临。

堀江　啊。

|进了房间。

堀江　啊,我来晚了——

河合　太好了。

平山　看到你这般健壮,真是太好了。

堀江　搞什么?

河合　你竟然还活着呢。

堀江　什么话?

平山　刚才的玩笑话。

堀江　大家基本上都赞成,进展顺利呢。

平山　哦,那就好。

堀江　没能参加上次聚会的久保寺、宫川还有下河原,这三位也都同意捐款。

河合　假若咱们每人集资两千日元,差不多有两万日元呢。

堀江　那就这么着?

平山　那就这么办。

堀江　(对平山)你负责给送去吧?

平山　我去送?

河合　不是你离他最近吗?——就你去送吧。葫芦一定会喜出望外呢。

平山　是啊……真没想到葫芦会住在那附近呢。

堀江　该怎样就怎样呀,命定的缘分啊。我也是这样。

河合　你想表达什么?

堀江　这个嘛,哈哈哈……这杯我喝了哟。

说完堀江取过河合面前的啤酒喝了起来,"真好喝!"边喝边吧嗒嘴儿。

店内,老板娘端着茶从对面过来。

31　黄昏时分　郊外区域

廉价的公寓、汽车修理厂等,杂乱不堪的偏僻地区风景,镜头描画二三——

位于小巷里的"燕来轩"。

32　"燕来轩"店内

工人模样的男子正在吃汤面。

男子 （吃完）喂，钱给放这儿啦。

| 说着将饭费放下站起身来。

伴子 （画外音）感谢惠顾！

| 男子离开，伴子从厨房出来收走大海碗。平山进来。

平山 有人在吗？

伴子 哪一位？

| 伴子走了出来——

伴子 哎哟，是您！

平山 那天晚上多有打扰……

伴子 真是太感谢您了。从那么远的地方专程给送回来……

平山 哪里哪里，我就住在这附近呢。老师呢？

伴子 啊，在的。——爸爸……爸爸……

| "哎，什么事儿？"随着回答声，穿着烹饪罩衣的佐久间从里屋出来，手里拿着蒸烧麦用的蒸屉。

佐久间 哎呀呀，平山先生来了。来，快请坐。——请，请……

| 一边将蒸屉递给伴子。伴子拿着蒸屉去了厨房。这时——

平山　前些日子实在是——

佐久间　啊，承蒙诸位盛情款待……由于太过高兴，以至于做出了失礼的事情，过后被闺女训斥了，真是惭愧啊。还请多多原谅……

平山　哪里，哪里，我们才要向您道歉呢……

佐久间　时隔四十年，还能再见到大家，太高兴了。

伴子端茶上来。

伴子　请喝茶……

平山　哦……

佐久间　（对伴子低声耳语）那……去拿烧酒来……烧酒……

伴子　（也同样压低声音）啤酒不更好吗？

佐久间　（对平山）喝杯啤酒吧？

平山　呀，不必啦。

佐久间　去拿吧，快去拿。

这时伴子对佐久间小声说了句什么。佐久间点点头。伴子正准备离开——

平山　小姐，真别麻烦了，我不喝呢。

伴子　这个，也没什么好招待您的……

说完去了里间。

佐久间　还是我去弄点下酒菜吧？

平山　真不用。请别张罗了。——实际上，老师，我这次来……（说着从内兜里取出信封）这是上次聚会的同学们，要我转送给老师的……

佐久间　这是做什么？

平山　哦，权当纪念品吧……

佐久间　啊，这可不行！这我不能收！请大家不必挂念——

平山　您要是不收我可没法交代。不过是小小心意。请笑纳，请……

佐久间　不行，我不能收。你们能邀请我这种人参加那么高级的宴会，我已经很开心了……（这时有客人进来）啊，欢迎光临！

客人　（坂本芳太郎，48岁）老板，来碗生马面[1]！

佐久间　好的。——那，平山先生，我去招呼一下……

平山　老师您忙去吧，回头见——

佐久间　这就走吗？实在抱歉啊。

平山　回头再来看您。

佐久间　啊，多谢……

平山准备打道回府，这时客人坂本忽然注意到他——

坂本　舰长！这不是舰长先生吗！

---

1. 神奈川县的民间特色汤面。

坂本站起身来。

平山　（疑惑不解的样子）呃……阁下是谁？

坂本　我是坂本啊！坂本芳太郎——在"朝风"号上服役的……一等兵曹[1]……

平山　啊，坂本先生，是这样啊……

坂本　（对着佐久间）喂，老爷子，这位可是我曾服役过的驱逐舰的舰长呢。

佐久间　原来是这样啊，了不起，了不起呀。——这么说平山先生参加过海军陆战队啊。

平山　（苦笑着）呃，实在是……

坂本　啊，当真是好久没见了。怎么样，舰长，赏个面子我请您喝一杯？——老爷子，生马面就不要上了。（转向平山）这里的东西不怎么好吃，咱们去别地儿吧。恳请赏光。

平山　客气啦，看起来你也挺不错的……

坂本　嗯，托您的福……我吧，就在那边不远处开了一间汽车修理店。顺便到我店里坐坐吧？那，咱们走吧，请吧。

平山　那就过去看看……

坂本　老爷子，我们走啰。

---

1. 日本旧海军下士官的称呼，分为三个等级。

佐久间　感谢惠顾……
　　平山　（对佐久间）那回头见……
　　佐久间　啊，多谢……
　　坂本　来，您请……

| 平山应坂本之邀离开了这里。佐久间依然沉湎于感慨之中，他收拾整理了一番，打开电灯开关。

33　"燕来轩"的招牌

| 亮着灯。

34　当晚　大街上有两三个招牌灯光闪烁

| 街上流淌着爵士乐——

35　当晚　酒吧"薰"亮着灯光的招牌

| 听得到混杂着爵士乐的《军舰进行曲》。
　（三轩茶屋附近的狭窄小巷）

36　当晚"薰"酒吧店内（小型得利思酒吧[1]）

| 唱片机播放着《军舰进行曲》……

---

1. TORYS BAR，20世纪50年代开始，三得利公司在日本各地开设的威士忌酒吧。

坂本很是兴奋,一边举手敬礼一边和着唱片节奏抖动着肩膀。平山也有了些许醉意,笑眯眯地看着眼前的一切。

> 坂本　喂,舰长,您说咱们日本为什么战败?
>
> 平山　呃,这个……
>
> 坂本　拜战败所赐我可是吃尽了苦头呢。回到家乡眼前一片狼藉:房子烧毁了,又没有食物,而且物价一个劲儿地上涨……喂,把唱片关了!

女服务员将唱片关停。

> 坂本　后来跟我老丈人借了点钱,开起了现在这家汽车修理店。还算是走运吧,唉,一言难尽……
>
> 平山　你就只有一个女儿,方才见过的那位——?
>
> 坂本　不是,她上面还有一个,已经结婚嫁人了呢。很快我就要做外公了,可不能再随随便便的啦。话说舰长您没吃过什么苦吧?
>
> 平山　不不,我也是历经辛苦哦。承蒙前辈帮助,才好不容易入职现在的公司呢。
>
> 坂本　舰长,您说若是日本战胜,又会是怎样的情形呢?

平山　这个嘛……

坂本　（举着酒杯对女服务员）喂，来杯得利思！连瓶子一起拿来！连瓶子一起！——（转向平山）若是我们赢了，舰长，你我现在就在纽约了，纽约！——不是纽约弹子房哟，是真真正正的纽约啊，美国的！

平山　（笑眯眯地）或许吧。

女服务员拿来得利思威士忌酒瓶。

坂本　正因为战败了，现在的年轻人呀，什么都喜欢模仿美国，放着唱片扭着屁股跳着洋舞。要是我们赢了会怎么样？胜利了，那些蓝眼珠的外国人是不是也会束着圆形发髻，弹着三味线呢？真是罪有应得啊。

平山　可是吃了败仗，这样不也挺好吗？

坂本　说得也是啊。——唔，也许是这样吧，那些混账东西再也不能嚣张跋扈了。——舰长，我说的可不是您啊。您另当别论。

平山　（苦笑着）哎呀……

坂本 （取过得利思酒瓶）来吧，请……

平山 哎……

| 平山接受斟酒。这时，这家酒吧的老板娘薰（32岁）登场。她头上缠着头巾，一身洗澡归来的装束。

薰 欢迎光临。

坂本 噢，你这是去哪儿了？

薰 洗澡去了。

坂本 都这个点了，还去澡堂洗澡？

薰 今天比较清闲嘛。——来，喝酒吧。

| 自从薰到来，平山的目光便落在她身上再没挪开。

坂本 介绍一下，舰长，这位是本店老板娘——

平山 （点头致礼）哦……

薰 您好。

| 说着给平山斟酒。

平山 （对着坂本）看来你们是老相识呢。

坂本 也不是啦。话说，还请您多多惠顾。——（然后对薰说）这位可是我当海军时的舰长呢。

  薰 请多多关照……（对坂本）那么，放那首曲子听吧？就那首……

  坂本 对对，播放！播放！舰长，让我们开怀畅饮吧。——真开心，真的很开心啊……

| 唱片机开始播放《军舰进行曲》。

  坂本 喂，来吧，动起来吧！
| 说完他站起身，和着节拍整个人动了起来。

  坂本 锵锵锵咔，嚓嚓，锵锵咔，嚓嚓嚓……（一边举手敬礼）喂，舰长！舰长也请一起来哦！

| 平山也笑眯眯地抬手敬礼。
 坂本越发快活起来，一边敬礼一边转着圈儿走着。
 薰也抬手敬礼。
 坂本于是更加开心了。

37 当晚 平山家 走廊

| 镜头里，时钟敲了九响。

38　当晚　平山家　玄关

｜平山尽兴而归。
　路子出迎。

　　　路子　您回来了。
　　　平山　嗯，回来了——
　　　路子　又喝酒了。
　　　平山　啊，也没喝太多。
　　　路子　哥哥来了呢。
　　　平山　哦。
｜平山进入里屋。

39　起居间

｜幸一与和夫都在。
　平山与路子一前一后进来。

　　　幸一　啊，您回来了。
　　　和夫　您回来了。

平山　嗯……

幸一　看来心情不错啊。

平山　是吧,哈哈……今天我遇见了一个很有趣的男人,还去了一个奇怪的地方。

路子　爸爸,没有你的饭啰。谁让你事先不打个电话回来。

平山　啊,我吃过了。——(然后对幸一)那里有个女的……

幸一　在哪里?

平山　是一家酒吧啦。那个女人很像你妈妈年轻时的模样呢。

幸一　脸庞长得像?

平山　呃,身材也像。——再仔细看看就不那么像了。不过,当她低头时,这一块儿(抚摸着脸颊周遭)还是很像呢……

路子　她有多大年龄?

平山　二十八九岁吧。

和夫　我妈妈那个岁数的时候我还没出生呢。

平山　她穿着奇怪的西式服装,头上缠着头巾。

和夫　我妈妈也穿西装扎头巾？

幸一　才不是呢，妈妈总是穿和服……

路子　可是，战时疏散时期，妈妈不也穿着窄袖上衣，下身穿着爸爸的裤子吗？

幸一　说得我也想去看看了，那间酒吧在哪儿？

平山　哦，你想去看看啊……不过，也不是多么相像呢。

和夫　我也想去看看呢。

路子　我可不喜欢，根本不想见那种人。

平山　（转向幸一）今天来，是有什么事儿？

幸一　嗯，有件小事……

平山　是吗……（站起身）路子，有热水吗？

路子　今天没烧。

平山　噢。

说完他去了走廊。

40　走廊

走廊尽头是盥洗室。平山来到。

平山 （回过头来）幸一——

| 幸一闻声而来——

平山 什么事啊？

幸一 想跟您老借五万块钱……家里要买台电冰箱。

平山 哦，没问题。不过现在手头没有。很着急吗？

幸一 可以的话，越快越好呢……

平山 那，两三日内我打发路子送过去。

幸一 拜托您了。

| 幸一返回餐室。
　平山进了盥洗室，脱下衬衫。

平山 路子，肥皂——肥皂用完了。

| 然后拧开自来水。

41　第二天傍晚　住宅区

| 用两三个镜头刻画周遭情景——

42　时间地点同上　二楼走廊

围着围裙的秋子从自家房间出来，敲了敲隔壁房间的门，然后进入。

43　隔壁室内

主妇小川顺子（33岁）正在准备饭菜，目迎秋子进来。

  秋子　有西红柿的话，借我两个吧。
  顺子　啊，有，有的。

她起身走开。
秋子看过去，目光落在那边的吸尘器上。

  秋子　这个怎么样？吸尘器，用着顺手吗？

顺子拿着西红柿出来。

  顺子　啊，那个吗？挺好用的，不过声音有点儿
    吵……给，这是冷藏的。

将西红柿递过去。

  秋子　谢谢。我们家也打算买台冰箱——

顺子　嗯，有冰箱确实方便。还能制冰……
　　秋子　说得是。西红柿我借走了，谢谢。
｜随后走了出去。

44　走廊

｜秋子走了出来，迎面碰上幸一拿着一个长条纸包回来。

45　起居间

｜晚饭已经备下。
　夫妇两人进来。

　　幸一　你早就回来了？
　　秋子　没有，也是刚回来。——你拿的什么？
　　幸一　（一边撕着纸包装）就这东西。
｜三四根高尔夫球棒露了出来——

　　秋子　怎么回事儿？
　　幸一　路子还没送钱过来？
　　秋子　嗯，还没呢——

幸一　哦……

秋子　从哪儿弄来的那些东西——？

幸一　呃？很便宜的……

秋子　是你买的？

幸一　算是吧，日后再付钱也行。我朋友三浦，要买套新球棒，就把这些旧的转让给我了。意外的好货，真是得来全不费工夫哇……

秋子　你要买吗？

秋子声音尖锐起来。
幸一扭头看。

秋子　这钱，从哪儿出呢？买这种东西，我不同意！

幸一　怎么就不行呢？路子会送钱过来的。我多借了一些。

秋子　借了多少？

幸一　五万……

秋子　虽说你多借了一些，但也不能浪费在那玩意儿上。再怎么样，也不能一个人随随便便地花钱呢。

幸一　没那么严重吧。

秋子　你不是花了吗？难道你没花吗？我也有想要的东西啊。我一直忍着不买，而你却胡乱花钱，这算什么！赶紧还回去吧，那破玩意儿。

幸一　现如今已经还不回去了。

秋子　能还回去！你快还回去！

说完去了厨房。
幸一沮丧地将球棒放置一边，点燃一支烟。

秋子　（一边剥西红柿皮）总的来说，高尔夫这项运动，对你这样的上班族而言，过于奢侈了，就别臭美了。偶尔早点儿回家，你也总是嚷着累啊累的，早早便睡过去了。高尔夫就算了吧。还回去，算了吧……

幸一不做声，神情木木地继续抽烟。

46　夜　高尔夫训练场

并非很豪华的场所，客人也不多。镜头描画情景二三。
幸一在打高尔夫。公司后辈三浦丰（26岁）在观看。幸一将球击出。

三浦　飞得很远啊。

幸一　（看着手中的一号球棒）手感不错哎，这根球棒。

三浦　好歹也是玛格丽格品牌嘛。

辛一　嗯……

然后，两个人回到长椅上。

三浦　虽然多少有点儿破损，但买个实惠呗。

辛一　说得也是啊……

三浦　我其实很舍不得呢，可是手头紧。

辛一　你问问机械部的盐川吧。那个人想要呢。

三浦　你不想要了？

辛一　虽然我很喜欢，可眼下为钱纠结，真不好办呢。

三浦　是不是你太太反对？

辛一　嗯。

三浦　这球棒当真不错呢——毕竟是玛格丽格牌呢……

辛一　是不错啊。

三浦　不就下个决心的事儿？

辛一　罢了，暂缓一下。

三浦　你这么怕你太太？

辛一　也不是怕她呀，就担心她秋后算账。——喂，再借我用一下吧。

他从三浦手里接过一号球棒，站起来，再一次击球。
球飞了出去。

47　周日上午　住宅区

| 天气晴朗，家家户户窗外晾晒着被褥。

48　二楼走廊

| 一对夫妇带着小孩，开开心心地出门去。

49　室内

| 秋子在窗边拍打着棉被。
　幸一慵懒地躺着，看上去情绪不佳。
　夫妻之间似乎不太融洽。

　　　秋子　老公，给钟上上弦吧，马上就要停摆了。
| 秋子对幸一说完，便去了另一个房间。
　幸一既不吱声也不起身。
　秋子拿着床单去窗边晾晒。

　　　秋子　至于这么不高兴吗？
　　　幸一　……

  秋子　想去打球就去打好了，——我又没说不让你去打高尔夫球呢。

  幸一　……

  秋子　多大了，还跟个孩子似的……喜欢什么就能买得起什么，尽早拥有这样的身份地位岂非更好？

  幸一　……

  秋子　无话可说吗……

随后，秋子欲返回另一个房间——

  秋子　上弦！

丢下这句话后秋子走了出去。
 幸一无奈，只得爬起来给钟上弦。
 敲门声传来——

  幸一　……

敲门声继续。

幸一　进来。

│路子进来。

路子　上午好——

│路子走上前来。秋子从屋里出来——

秋子　啊，请进。

路子　上午好——（对着幸一）哥哥，真罕见，你竟然在家，我还以为你打高尔夫去了。

秋子　你哥哥今天心情不佳呢——

路子　为什么？

秋子　（抿嘴一笑）你问他吧。

路子　怎么回事儿？——（从手拎包里拿出信封）我把钱带来了。

│然后递过去。

秋子　（从一旁伸过手）啊，这个给我。——多谢。

│说着接了过去。

路子　（对着幸一）哥哥，你到底怎么了？

秋子　期望落空了呗，煞费苦心搞到的钱——

幸一　别烦了！

秋子　（得意地笑着）你哥哥呀，相中了一件东西呢，因此便从爸爸那里多借了一笔钱……

幸一　闭嘴！

50　走廊

三浦抱着之前的球棒包走来。
他敲了敲幸一家的房门。"请进。"里面传来秋子的应答声。

51　室内

三浦进来——

三浦　你好——

路子迎了出来——

路子　呀，欢迎。——哥哥，三浦先生来了。

幸一　三浦——？

他站起身来。

幸一　哟，什么事儿？

三浦　为了这件事儿（高尔夫球棒），我问过朋友了，不过……

秋子走了出来。

秋子　欢迎。

三浦　你好。

秋子　什么事儿？

三浦　我来就想说说这个，（对幸一）既然好不容易达成了协议，（对秋子）即便是朋友也不得不说清楚。

秋子　啊，我们家不需要这东西呢。——不过，还是请进来说吧。

三浦　这个……

幸一　先上来吧。

三浦　好的，那我上来啦……

说着走进房间，秋子和路子去了内屋。

三浦　那天之后，我便顺路去了朋友家。结果那家伙也指望不上，我真是束手无策了……

秋子　（从里屋）三浦先生，你是来强行兜售的吗？

三浦　不开玩笑，也别误会哦。太太，这确实是好东西呢。我不希望转让给其他人。按月分期付款也行。

幸一　月付——？

秋子　月付也不行，不行不行。

三浦　是吗，不行啊？——每月两千日元，共付十个月，多么划算啊……

秋子　不行不行，真的不行呢。

三浦　是吗？要是我肯定就买了。

秋子　那么，要买您请便吧。

三浦　哎呀，这行不通的。我没钱啊。

秋子　那你就不要推荐古怪的东西嘛。总之我们不需要哦。快拿走吧。

|随后她闪去一边，不见身影。

三浦　明白了……

|目光转向幸一——

三浦　真不好意思，惹太太生气了……

幸一　没呢，与你无关。她从大清早心情就不好。

三浦　但是很抱歉……

|这时秋子拿着纸币走了出来——

秋子　（对三浦）喂，这是两千块，月付一次——

|说着将钱放到榻榻米上。

三浦　这行吗？

秋子　得了吧。这要是不买的话，以后不定怎么烦人呢。

路子　（莞尔一笑）哥哥，你称心了吧——？

幸一　什么话……（抽出一根球棒）真不错啊，这品质。

三浦　那是不错的。绝对好东西。太太，两千块，确实无误——

秋子　记住了，从本月开始的——还余九次哦。

三浦　没问题。——那我这就回去了。

幸一　怎么，这就要走？

秋子　还真是势利呀。

三浦　哎呀，中午我有个约会。告辞了。

路子　那我也走吧……

幸一　怎么，你也要回去？

秋子　再待会儿啦，路子，还没……

路子　不啦，我要去看个朋友呢。

幸一　那替我问候爸爸。

秋子　谢谢他老人家。

路子　好的。——再见。

三浦　告辞了。

幸一　嗯，再见。

秋子　再见——

| 三浦和路子才走出去——

幸一　（一边摆弄球棒）喂，你看这个怎么样？

　　秋子　不是你想要的吗？

　　幸一　是啊，是我想要的。

　　秋子　不过我也要买东西。

　　幸一　什么？

　　秋子　白色真皮手提包——价格很贵哦。

　　幸一　……

　　秋子　我要买哦！当真会买！

丢下这句话，秋子去了里屋。
幸一独自摆弄着高尔夫球棒。

52　郊外车站　月台

站台情景——
在那里等待电车的三浦与路子——

　　三浦　你哥哥待太太非常温柔呢——

　　路子　不过，他对我们怪能耍威风呢。

　　三浦　——还是对太太温柔点儿好啊。

　　路子　说得是呢。——不过，太好脾气也讨人嫌呢。

　　三浦　是吗？这么难啊。

　　路子　啊，电车来了——

电车进站。

53 窗户

透过窗户能够看到川崎工厂区的风貌——

54 室内

平山在看文件。
传来敲门声——

平山　请进。

业务组的田口房子（24岁）进来。

平山　哟，有事儿吗？
房子　感谢您长期以来对我的诸多关照……
平山　对了，听说你就要结婚了？恭喜啊。
房子　（鞠躬致谢）今天特来道别……
平山　是嘛。——你是23岁吧，还是24岁呢……
房子　24岁。
平山　噢。那你跟我女儿一般大呢。祝你幸福。加油啊！
房子　谢谢！

又传来敲门声——

平山　请进。

洋子进来。

　　洋子　有人找您。

说着递上名片。

　　平山　（接过来）哦,是的。带他来这里吧……
　　洋子　好的。

房子也鞠了一躬,准备跟洋子一道出去。

　　平山　对了,田口小姐,晚些时候你能否再过来一趟?
　　房子　好的。——告辞了。

说完走出去。
平山整理好办公桌,来到待客用的台桌前。
敲门声响起——

　　平山　请进。

在洋子的陪同下,佐久间老先生进来。

　佐久间　啊,在您百忙之中贸然造访,真是抱歉……
　　平山　没关系的,快请……
　佐久间　好的。——前些时日您还专程跑了一趟,太感
　　　　　谢了……事后我才发现在筷子架的下面……
　　平山　别客气,请坐……请坐下说。

佐久间　好的，衷心感谢您的盛情……（坐了下来）刚才我挨个去跟大家伙表达了谢意……

平山　让您专程跑一趟……河合在吗？

佐久间　他有事出去了……

平山　哦。——老师，您现在是要回家吗？

佐久间　是的，您这里是最后一站……多谢……

平山　那咱们一起走吧。正好顺路……

佐久间　好的，可是不会耽误您工作吧……

平山　没事，都处理完了。

| 说着站起来，回到办公桌前，拿起桌上的电话——

平山　喂，请帮我转接大和商事的河合先生。——嗯，是常务董事河合先生……嗯，然后再转告公司的田口小姐，请她再来一趟。

| 然后他挂掉电话，从钱夹中抽出几张纸币包了起来。

55　当晚　西银座的巷弄

| 风景描画一二，画面中含有"若松"餐馆的招牌。

56　当晚　"若松"店内

| 有顾客两三人。

57　"若松"店内　小客间

| 平山与河合还有佐久间，大家都有了醉意，不过佐久间最甚，几乎烂醉如泥，瘫软在那里。

　　河合　老师，再来一杯怎么样？
　　佐久间　你说什么？（抬起头来）呀，谢谢……（一边接受斟酒）啊，真痛快……真是痛快啊……唔，给你们添麻烦了——唔……

| 然后他头又耷拉下去。

　　河合　（看到他这个样子对平山说）我说，葫芦已经喝大了。
　　佐久间　（猛然抬起头）欸？
　　平山　（不失时机）老师，要不要再来一杯……
　　佐久间　（接受）呀，谢谢啦……（斟完酒）你们真幸福呢。我很寂寞啊……

河合　为什么，为什么寂寞？

佐久间　啊，真是寂寞啊……可悲呢。——人生一世，到头来终究是一个人啊……孤孤单单一个人啊……

河合与平山面面相觑。

佐久间　唉，我真是失败啊……彻底败了……不知不觉便使唤惯了……

平山　说什么呢？

佐久间　啊，我家闺女呀……我家闺女，不知不觉使唤惯了……登门提亲的也不是没有……毕竟我妻子走得早……真是败了……最终贻误了嫁人……啊！我该告辞了！

河合　这就回去吗？还早着呢，再来一杯吧。

佐久间　是吗？那再喝杯……（接受斟酒）宜趁阳光好，但把草料晒……莫思身外无穷事，且尽生前有限杯[1]……唉……

随后他放下酒杯一骨碌躺下了。
河合与平山面面相觑。

平山　老师……老师……

河合　喂，让他睡会儿吧，葫芦也太凄凉了。

---

1. 语出唐代杜甫《绝句漫兴九首·其四》。

平山　呃……

河合　你若不引以为戒，也会是同样下场。

平山　不可能，我才不会……

| 说完喝掉杯中酒。

河合　要是路子变成葫芦闺女那样，怎么办？

平山　不会的，那孩子……

河合　人会变的。尽早嫁出去吧。你若沦落成葫芦这样也很麻烦啊。

佐久间　（突然地）欸？葫芦？

| 说着翻身起来——

佐久间　这是哪儿？

河合　哦，老师，您歇着吧。过会儿送您回去。

佐久间　啊，好的……

| 于是他又睡着了。

河合　（对平山）你可得想清楚了。

平山　呃……

| 端起酒杯。

58　当晚　平山家　走廊

59　当晚 平山家 中间屋（起居间隔壁）

| 路子在熨烫洗好的衣物。
　玄关开启的声响——

路子　爸爸？

平山　（画外音）嗯，我回来了——

路子　不要上锁——小和还没回来呢。

|平山进来，醉醺醺的。

路子　您回来了。

平山　噢。

60　中间屋——起居间

|平山穿过中间屋，来到起居间的矮脚桌前坐了下来。

平山　哎，来一下。

路子　什么事儿？

平山　我说，你不嫁人吗？

路子　欸——？

平山　结婚啊，不出嫁吗？

路子　（轻轻一笑不以为意道）说什么话呢！

平山　啊，我是认真的，真的呢。

路子　爸爸您又喝多了吧。

平山　哦，虽说喝了点儿酒，可也是真心话。

路子　不止喝了一点儿吧。为什么想起这回事儿啦？

平山　为什么啊……理由太多啦。——到这边来。

路子　稍等一下。马上就好……

平山　爸爸可是考虑再三呢……你先过来嘛。

路子关掉熨斗走了过来。

61　起居间

平山与路子——

路子　可我一旦嫁人，家里就困难了。

平山　再难也要嫁人，再不抓紧嫁人的话……你都24岁了。

路子　没错。所以为时尚早呢。

平山　其实不然，说着"还不要紧""为时尚早"，转眼间你就会成为大龄剩女。爸爸为图方便总是使唤你，不知不觉使唤惯了，我很抱歉。

路子　可是，能怎么办呢？爸爸，我还没打算嫁人呢。总觉得不可以嫁人呢。爸爸您不也是这么想的吗？

平山　什么？

路子　我像现在这样就好……

平山　为什么？不是那样的。

路子　可就是这么回事儿嘛。如果我出嫁了，剩下爸爸和小和，你们怎么办呢？

平山　那总会有办法的。

路子　总会有办法，又能怎么办呢？其实是毫无办法呢。爸爸，您究竟是从什么时候开始考虑这事儿的？

平山　那么，你是不打算嫁人？

路子　也不是说不嫁人，只是目前还没这个打算呢。我好多朋友都结婚了，有的已经抱上孩子了。

平山　是嘛……所以你也该——

路子　算了！我像现在这样就很好！

平山　呃，虽然站在爸爸的立场，目前这样最好，不过，终究不是长久之计。爸爸都考虑过了。

路子　既然考虑过了，就不要再说那些意气话。

平山　我可不是一时意气。

路子　就是意气用事呢。

说完起身去中间屋收拾洗好的衣物。

　　平山　喂！……回来！

路子拿着洗好的衣物走了。
平山叹息一声，拿起水壶往茶杯里倒水，喝掉。
玄关传来开门声——

62　玄关

│和夫归来。

　　　和夫　姐姐，可以上锁了吗？
　　　平山　（画外音）嗯，锁了吧。
　　　和夫　啊，爸爸您已经回来了。
│于是大门落锁。

63　中间屋——起居间

│和夫进来。

　　　和夫　我回来啦——
　　　平山　噢，回来了——
　　　和夫　姐姐呢？
　　　平山　在家呢。
│路子默默地穿过房间。

　　　和夫　喂，姐姐，我要吃饭。
│路子不吭声从和夫身边径直通过。

和夫　（目光尾随她）出什么事儿了，爸爸？

平山　呃……

| 和夫坐在矮脚桌前，倒上茶喝着。

和夫　啊，这么苦。

平山　喂，和夫。

和夫　嗯？

平山　你姐姐她，怕不是心里有喜欢的人了？

和夫　或许有吧。

平山　真的？

和夫　虽然不清楚她有没有，我可是有意中人了。

平山　你，竟然有了？

和夫　有了呀。她叫清水富子。

平山　唷，她是哪里人？

和夫　不知道是哪儿的，不过也稍微打听了一下。

平山　哦，她是做什么的？

和夫　就是我天天乘坐的那班公交车的售票员哦。我是通过姓名牌知道了她的名字。很可爱呢。

平山　噢，这么回事儿啊……

| 平山不禁苦笑。

和夫　喂，姐姐！给我弄饭吃嘛。

平山　我说，你自己去厨房吃。

和夫　为什么呀？

平山　照做就是。自己的事情自己做。

和夫低声咕哝着起身去往厨房。

剩下平山自己。他点上一支烟，不知不觉间陷入沉思。

64　大约一周后　傍晚　住宅区

家家户户的窗户映着灯光，外出上班的人们归来。

秋子也是其中一员。

65　同上　走廊

秋子归来。

66　室内

秋子进入屋内。

秋子　我回来啦——

进入房间。

67　起居间—厨房

幸一系着围裙正在厨房里切洋葱。秋子到来。

秋子　我回来晚了。——做什么呢？

幸一　冰箱里有火腿，做火腿煎蛋吧。

秋子　我还买了汉堡牛肉饼。——米饭煮好了？

幸一　啊，马上煮好啰。

秋子　（去洗碗池前）稍等——

秋子洗手。幸一也洗手。

秋子　（一边擦手）今天午休时，路子到我公司来了呢。

幸一　嗯，她去做什么？

将围裙摘下递给秋子。换成秋子系上围裙。

秋子　她跟我说，爸爸让她嫁人呢……

幸一　哦，对方是谁？不过，要是路子现在嫁人了，爸爸可就不方便了。他打算怎么办呢？

秋子　路子也是这么说的。

幸一　那你看路子有没有嫁人的心思？

秋子　我也不清楚啊。不过路子说，爸爸近些时日每天都是这句话。——"我都听腻了"，这是路子的原话哦。

幸一　会是何方神圣呢，男方——

秋子　是河合先生给介绍的。据说爸爸跟那个人见过面了——印象似乎不错呢。

幸一　路子喜不喜欢?

秋子　我感觉她有点儿心不在焉呢,便试探问她:"你是不想嫁人吗?"不过看来不像呢。

幸一　那怎么回事儿呢?

秋子　怎么说呢?

幸一　那么,路子找你所为何事?

秋子　不过……路子的心情,我总觉得有些捉摸不透呢……

幸一　这样啊。

|传来敲门声——

幸一　请进。

68　入口处房间

|门开了,平山进来。
幸一迎出来。

幸一　啊,快请进。

平山　哦,你回来了。

|秋子过来。

秋子　呀，爸爸来了——请……

平山　喏，这是佃煮[1]牛肉。

将打包的菜肴递给她。

秋子　谢谢。

幸一　爸爸，您是刚下班吗？

平山　嗯，找你说说话。能出来一下吗？

幸一　我还没吃饭呢。

秋子　爸爸，请跟我们一起用餐吧……

平山　啊，待会儿出去随便在哪儿吃点儿吧，怎么样？

幸一　也好，我收拾一下……

说完去了里屋。秋子跟平山打了个招呼也来到里面。

69　起居间

幸一与秋子，做外出准备——

秋子　（附耳低语）一准儿是路子的事情呢。

幸一　嗯。

然后走了出去。

---

1. 日式烹调方法，在小鱼和贝类的肉、海藻等食材中，加入酱油、调味酱、糖等一起炖，调味浓重。

70　入口处房间

平山在等着幸一。
幸一来到,穿上木屐。
秋子出来。

　　秋子　请慢走。
　　平山　那人我借走啰。
　　秋子　请便。

平山与幸一走出门去。
关闭的房门。

71　当晚 "薰" 酒吧店内

平山与幸一。幸一在吃炒饭,平山慢条斯理地喝着酒。
稍远处有一位客人,正跟一女子喝酒。

　　幸一　(吃完炒饭)多谢款待……

对面,沏好茶的"薰"老板娘端茶走来——

　　薰　吃好了?
　　幸一　嗯,谢谢。
　　平山　(指了指酒杯)给我添杯酒。

薰给平山倒上威士忌，端着大碗去了里面。

幸一　（盯着薰的背影）像吗……并不怎么像呢。

平山　嗯，仔细看就差大了，不过总觉得有点儿像呢。

幸一　是有点儿……爸爸，那男的情况怎么样？

平山　他是冈崎[1]世家的次子，一个身材高大、稳重可靠的男人，我觉得挺般配呢。

幸一　——路子她是不是另有意中人？

平山　你也这么觉得——？

幸一　嗯。

平山　还真是呢。听和夫说，她好像喜欢三浦呢。

幸一　三浦？

平山　就是你公司那位……

幸一　呀，竟然是那个家伙？

平山　他人怎么样？

幸一　他人品倒是不错呢。如果是他我倒同意。——路子怎么说的？

平山　我问过她，虽然她语焉不详，但总觉得像是喜欢呢。

幸一　真要是他那倒简单了。

平山　是吗？那么，回头你委婉地探探三浦君的口

---

1. 日本本州中南部城市，属爱知县。

风吧。

幸一　嗯，包在我身上。是他的话确实不错。

平山　那就好。——毕竟让她跟喜欢的人在一起才好。这样路子也会幸福。

幸一　是啊。那我尽快给问问。

平山　好，就这么办吧。

|薰走过来。

薰　今天真安静啊，要播放之前那首曲子吗？

平山　啊，不必了。

幸一　什么？

平山　没什么……

幸一　不过，路子嫁人后，爸爸可就寂寞了。

平山　话虽如此，可这女大不中留啊……

|说完饮尽杯中之酒。幸一也喝了一杯。

72　第二天傍晚　食伤新道[1]

|鸟森[2]附近——下班归来的人们往来不绝。

---

1. 街道名称，位于东京日本桥附近，是饮食店汇聚之所。
2. 东京鸟森神社，建于平安时代的天庆三年（即公元940年）。

73　那里的"炸猪排店"店内

| 店里很是拥挤。

74　通往二楼的楼梯下方

| 脱下来的鞋子或女式人字拖等摆放在那里。

75　二楼的小房间

| 幸一与三浦边吃炸猪排边喝啤酒。炸猪排上了第二盘,啤酒也要了两瓶。

　　三浦　(往自己的杯子里倒啤酒,并对幸一说)来一杯?

幸一　啊——（接受斟酒并说道）你酒量很大啊。

三浦　并不大呢，啤酒的话也就两瓶的量。

幸一　那，问你件事。

三浦　什么事儿？

幸一　你不想结婚吗？

三浦　给我介绍对象吗？人好吗——

幸一　倒不是没有，好坏且不说。

三浦　是吗……你是认真的？

幸一　当然是认真的。我有个人选，怎么样，要不要啊？

三浦　——这样啊。真是难办呢。

幸一　什么？这不难办吧？怎么回事儿？

三浦　呃……

幸一　你也该结婚了。

三浦　是啊……可是……直说吧，我已经有了呢。

幸一　有了？

三浦　不是老婆哦。不过，有女朋友了。

幸一　是吗？

三浦　你也认识她呢。

幸一　谁呀？

三浦　总务科的井上美代子——

幸一　哦，是她呀……

三浦　你觉得她怎么样？不好吗？

幸一　不，挺好的。挺不错的女孩儿。

三浦　千万别对外说啊。因为我还没跟任何人透露呢……

幸一　哦，我定会守口如瓶。

三浦　我们已经定下来了。

幸一　欸，什么时候的事儿？

三浦　就是今年夏天大家去伊香保那会儿。公司集体活动——

幸一　啊，是从那时开始的啊。

三浦　虽说从那时开始的，不过至今也没有实际行动呢。

幸一　撒谎。

三浦　那也只是牵个手而已……

幸一　——是吗……

三浦　你要介绍的女孩儿是谁？

幸一　算了。

三浦　说给我听听嘛，既然我都已经跟你说了。

幸一　这个嘛……

三浦　谁啊？

幸一　……我妹妹。

三浦　令妹，路子小姐？

幸一　嗯。

三浦　路子小姐知道这事吗？

幸一　呃……算是吧。

三浦　可是，多么希望你早点儿跟我说这话呢……我曾经委婉地问过你呢。"她暂时还不想嫁人呢"，当时你不是这么说的吗？

幸一　也许吧，我也许说过那种话。

三浦　你真是这么说的，说过呢。路子小姐也说过这话，所以我认为自己没戏啦——喂，再来一瓶啤酒吧？

幸一　噢——（按下呼叫铃）是吗……还真是一团糟……

三浦　太遗憾啦。你早点儿跟我说多好啊。

幸一　世间的事总难如意啊……

三浦　是啊……炸猪排，再来一盘吧？

幸一　啊，好的。

| 于是按下呼叫铃。三浦松了松腰带。

76　楼下

| 有很多顾客，相当拥挤。

77　当晚　平山家　起居间

| 平山与幸一——

  平山　——还真是糟糕呢……我要是早点儿觉悟就好了……
  幸一　不管怎样，我们应该跟路子说一下吧。
  平山　呃……伤脑筋呢……怎么办？你来说吧？
  幸一　我来说？
  平山　嗯——路子看上去很喜欢三浦呢。今天早晨我还问过她。
  幸一　这事办的……还是爸爸您来跟她说吧……不过，当真可怜呢。
  平山　是怪可怜的……我怎么张口啊……
  幸一　……

| 两个人刚停下话头，这时，路子从二楼下来。

  路子　沏杯红茶喝吧。哥哥，要不要——？
  幸一　哦，好的。
  平山　喂，路子——
  路子　什么事儿？

秋刀鱼之味

平山　你过来——坐会儿吧。

路子　(坐下来)什么事儿?

平山　或许是爸爸多管闲事,我让你哥哥问了三浦,看他对你有没有意思。

幸一　那家伙吧,并非不喜欢你,可是他已经定亲了。

路子　……

平山　唉,我要是早点儿下决心就好了……都怪爸爸呢。

路子　……

幸一　我也是,你喜欢三浦这事儿,我竟浑然不觉啊。

平山　唉,爸爸无意间做了一件最糟糕的事情……真抱歉……

路子　(抬起头,微笑着)没事儿的,爸爸……这样也不错啊……我只是不想将来后悔呢……问过他就行了。

平山　——真是这样么……

幸一　那,怎么样,爸爸提过的那个人,要不要见个面?

路子轻轻点了点头。

平山　见个面看看?

路子　嗯……

幸一　对，这样好。

路子　嗯，你们看着安排。

| 说完，她微笑着离开。
平山与幸一目送她——

幸一　太好了。

平山　嗯，太好了……

幸一　我一直捏着把汗，真怕惹她哭呢。

平山　嗯，我也以为她会非常难过呢，还好。

幸一　出乎意料，她很平静呢。

平山　唔，太好了。

| 和夫到来。

和夫　怎么回事儿？姐姐好像哭了呢。

| 平山与幸一面面相觑，然后平山起身离开。

78　走廊

| 平山上到二楼。

79 二楼

| 平山到来时,路子正在里屋寂然沉思。

  平山 喂,你还好吧——?
| 路子偷偷地拭去眼泪然后转过身来。

  平山 ——爸爸刚才的话,并非勉强你呢。见个
     面看看,不喜欢咱就拒绝他。
| 路子默然颔首。

  平山 不管怎样,还是先见个面吧——你说呢?
| 路子再次默然颔首。
 其间,平山去过一次走廊,站在那里仰望夜空,然后又折回房间。

  平山 不到楼下吗?喝杯茶说说话吧。
| 留下这句话后,平山下了楼梯。
 路子一动不动继续沉思。

秋刀鱼之味 393

80 星期天 郊外住宅区

| 平山到来。

81　河合家　门前

|平山进去。

82　河合家　玄关

|平山进入玄关——

　　　平山　打扰了……有人在吗?
|随着"请进"的回答声，河合的妻子信子（46岁）走了出来。

　　　信子　呀，欢迎。快请进，请——堀江先生也在呢。
　　　平山　是吗?
　　　信子　这边请吧……

83　日式客厅

|河合与堀江在下围棋。矮桌子上摆放着威士忌、奶酪等等。

　　　河合　（从对弈中抬起头来）他来啦?
　　　信子　（画外音）嗯，已经到了……
|信子带着平山过来。

平山　嘿！

河合　喂，怎么这么晚？

平山　嗯嗯——（对堀江）你什么时候来的？

堀江　听说你要来……（然后盯着棋盘思考起来）这个……

信子　（给他坐垫）请坐……

平山　嗯，多谢……

｜信子出去。

平山　（观察着棋盘）实力相当啊。

堀江　还是我占优势吧。

河合　那个（指着威士忌）你随意。

平山　哦……（一边往杯子里倒威士忌）刚才我在电话里简单说了一下，你提的那门亲事……

河合　唔……

平山　安排一下让本人见见面吧。

河合　（继续盯着棋盘）是啊……

｜接下来，河合与堀江就不再理会平山，继续盯着棋盘……

平山　你能否给问一下，看他何时方便？

堀江　（对着河合）喂，什么事儿？

河合　唔，路子的事情……

堀江　这可麻烦啰。脚踏两只船怎么行。总得等我这边问过回话后再做决定……

平山　什么意思？

堀江　谁让你磨磨唧唧的呢？我也受河合所托，昨天恰好是周六，就安排人家中午见面啰。苗头不错呢，（看着河合）对吧……

河合　嗯。

堀江　（对着河合）那个女孩儿不错吧——？

河合　嗯，不错的孩子。

堀江　（对着平山）是我助理的妹妹，比路子稍微矮点儿。很漂亮的丫头呢。

平山　这样啊……

河合　因为这边也催得紧。

平山　哦……这么说已经确定下来了？

堀江　嗯，差不多吧。会定下来的。看起来双方都有意呢。

平山　是吗……

堀江　对吧？

河合　嗯。

| 信子笑嘻嘻地端着下酒菜过来——

信子　真够损的，堀江先生——

堀江　啊哈哈……

| 堀江跟往常一样纵声大笑起来。河合也嘻嘻笑着。

平山　（怀疑的表情）怎么回事儿？

信子　骗你呢。刚才说的，都是谎话……两人合计好了等你来了捉弄你呢。

平山　原来如此啊——（松了一口气）你们这俩坏人。

| 两个人笑起来——

堀江　你不也曾开玩笑把我捉弄了？彼此彼此吧。

平山　嗯……不过，我真有点儿紧张呢——啊，幸亏是谎话……

| 说完干了杯中酒。

信子　不过平山先生，要是路子不在身边，你会孤单呢……

平山　这个嘛……

河合　话虽如此，也不能永远不嫁闺女。

信子　（对平山）只要路子喜欢就好啊。

河合　她会满意的。

平山　（对着信子）那我也就称心了。

堀江　届时彼此都会称心如意的。——我还不是一样，啊哈哈哈……

河合　喂，轮到你了。

堀江　嗯？——是吧……呃……

| 棋盘的画面——

84　晴好的日子　郊外

| 街头一送亲的队伍走过。

85　平山家　门前

| 汽车两辆，以及邻家主妇三四位，围聚着看热闹。

86　平山家　走廊

| 和夫在打电话。

和夫　嗯？什么？——都说过了，两辆车已经到了呀。

是其他的呢。——知道啦。小型的就可以。再来一辆——嗯,是的,马上——拜托了。

| 挂掉电话折回客厅。

87　日式客厅

| 平山与幸一——两人都身着晨礼服。
和夫进来。

  和夫　电话打过了,说马上过来。
  幸一　知道了。去把后门锁好吧。
  和夫　忽然就忙得不可开交。

| 说着往外走。
平山往喜封里装着百元纸钞。

  幸一　虽说会有点儿不方便,不过在物色到合适用人之前,我会打发秋子时不时地过来照应一下。
  平山　哦,不必了,秋子毕竟也有工作……你们俩,还没有动静吗?
  幸一　什么?
  平山　孩子呀。

幸一　啊，还没有。现在这种情况，即便生了也很麻烦的……

平山　你们是刻意不要的啊？

幸一　嗯，再等等吧。

平山　早点儿生了也好呢。等到了五十岁，孩子才刚刚中学毕业会更伤脑筋呢。

幸一　说得也是啊……我出生的时候，爸爸您多大年纪？

平山　二十六吧……

幸一　二十六啊……

于是掰着指头算起来。

这时拎着行李包的美容师助手到来。

助手　那个……已经准备妥当了……

平山　哦……

与幸一一起起身离开。

88　二楼

穿衣镜前，着新娘盛装的路子——
还有帮忙打理的秋子——

美容师给路子整理着衣领前襟等部位。
平山与幸一到来。

  平山 呀，打扮好了——（对美容师）辛苦您了……
 美容师 （对秋子）那我先行一步……
  秋子 您请……拜托您了。

美容师转身离去——

  幸一 真漂亮啊，路子……
  秋子 确实可爱……
  平山 那，咱们动身吧。

在秋子的帮助下，路子起身。

  路子 （百感交集）爸爸……
  平山 （扶着路子的手）嗯，我明白……好好过日
    子……

路子默默地点了点头。

  平山 那，走吧……

于是，大家按照幸一、平山、路子、秋子的顺序走了出去。
空荡荡的房间。

89　当晚　河合家　走廊

| 不时传来男人们的笑声——

90　客厅

| 从婚宴归来,换上了家常服装的河合、脱掉了晨礼服上衣的平山和堀江,三个人围桌而坐。
桌上摆着清酒、威士忌,大家兴致正高。
信子在隔壁房间准备下酒菜。
三个人不停地推杯换盏——

  堀江　（对平山）这回轮到你了。

  平山　什么?

  堀江　年轻的。怎么样?年轻续弦。

  河合　（对堀江）吃药吗?

  堀江　哎,娶吧,娶一个吧。

  平山　（对堀江）堀江,我吧,这些时日总感觉你不干净呢。

  堀江　不干净?为什么?

  平山　也说不清楚。

  堀江　才不会,我可是有洁癖的人呢。

河合　洁癖者夜里可是肮脏不堪吧。

堀江　噢，是吧。啊哈哈……

| 于是哄堂大笑。

信子　（从对面屋传来）平山先生，索性你跟幸一夫妇一块儿生活呗？

平山　不行，还有和夫呢，暂时就这样维持着吧。年轻人终归还是喜欢单独生活……

河合　那是自然。老人就不要妨碍孩子们啰。

信子　不愧是个好父亲啊，平山先生……

| 信子端着酒菜上来。

平山　我说，太太，这养孩子还是男孩子好啊……

信子　倒也是啊……

平山　唉……女儿真没劲儿……

河合　要我说，不管男孩女孩结果都是一样的，长大了都不定去哪儿呢。

堀江　就只剩下老人吗？

河合　没你说话的份儿。

堀江　什么呀，我可是嫁了闺女呢。

平山　……唉，养儿育女全无意义啊……

信子　确实如此呢……

河合　葫芦不也曾说过吗，人这一生到头来只是孤孤单单一个人……你应该庆幸没沦落到葫芦那地步哦。

平山　葫芦啊……嗯，我该告辞了。

河合　回家吗？

平山　嗯，再见。

|平山站起来，脚步踉踉跄跄。

信子　没事吧？叫辆车吧？

平山　不用不用。——啊，太太，今天真是麻烦你了……（对河合）喂，抱歉啦。

河合　哎，你没事儿吧？

平山　没事……我溜达着去车站。

堀江　我也跟你一起走吧。

平山　不用，没事儿。你留下吧。

信子　（手里拿着晨礼服）这是平山先生的吧？

堀江　哦，是我的。

平山　那再见——

|平山出去。信子拿着另一件晨礼服跟着出去。

河合　（敬酒）再来一杯？

堀江　哦……（接受）怎么回事儿啊，那家伙——

河合　呃……大概是想一个人待会儿吧……伤感了……

堀江　嗯……

河合　女儿出嫁的当晚最是难过啊。

堀江　是啊。

河合　打发走的可是千辛万苦养大的闺女啊……

堀江　嗯。

河合　真没劲啊……

| 玄关开门的声音——

91　当晚　"薰"酒吧所在小巷

| 欢快热闹的爵士乐——
　平山醉步蹒跚地走着。
　他推开"薰"酒吧的大门。

92　当晚　"薰"酒吧店内

| 有客人三四位，薰迎接平山。

薰　欢迎光临……

　　平山　嗨……

｜平山在吧台前落座。

　　薰　坂本先生刚走——

　　平山　是吗——给我倒一杯吧。

　　薰　要兑水吗？

　　平山　不必，就那么喝吧。

　　薰　好的。

｜从酒架上取下得利思威士忌。
　平山目光追随着薰的身影。

　　薰　您今天这是去哪儿了——葬礼吗？

　　平山　呃，就算是吧。

　　薰　给——（拿出酒杯）要放唱片吗？就那首。

　　平山　哦……

｜平山品着杯中酒。
　薰播放唱片。
　《军舰进行曲》奏响。

　　醉客A　噢，这是大本营[1]要发布吗……

---

1. 日本在战争或事变时设立的最高军事统率机关。

醉客B 今夜五点三十分,帝国海军于南鸟岛[1]东部海域……

醉客A 战败了。

醉客B 是的……战败了……

| 平山品着杯中酒,听他们谈话。
《军舰进行曲》继续播放着。

93 "薰"酒吧亮着灯的招牌

| 灯光一闪一灭——

94 当晚 平山家 从中间屋到起居间

| 里面的房间铺着两床被褥。幸一夫妇依然穿着出席结婚典礼的服装,与身着睡衣的和夫围坐在矮饭桌前。幸一脱着外衣。

和夫 爸爸还不回来啊——到底去哪儿了?

幸一 是啊,这么晚了。

秋子 一准儿还在河合那里呢。

---

1. 亦名马库斯岛,是日本在太平洋中的一个火山岛。

幸一　那也太晚了。
| 开玄关门的声音——

　　　秋子　啊，好像回来了。
| 她起身出去。

95　玄关

| 平山瘫坐在入口处的横框上。

　　　秋子　啊，您回来啦。
　　　平山　唔……
　　　秋子　醉成这样了——
　　　平山　唔……
| 平山进来。
　秋子出去关好玄关门。

96　中间屋—起居间

| 幸一与和夫迎了出来。

　　　和夫　这是怎么了——爸爸——

平山　（对幸一）呀，你过来啦……

幸一　嗯——累坏了吧?

平山　嗯……

幸一　不过，总算了了心事。

平山　是啊，挺不错的——但愿她往后能顺顺利利的。

幸一　这您放心吧，她会做好的。

秋子　路子一定行的……您且放宽心。

平山　嗯……

│一屁股坐到矮桌前。
　秋子返回。

幸一　（对秋子）那么，咱这就回去吧……

秋子　好的——（然后对和夫）喏，我会经常过来，有事记得打电话。

和夫　OK!

幸一　那，爸爸，我们回去了。

平山　（抬起头来）什么，要走啊……

秋子　我们会常来看您的……

平山　哦……

│脑袋再次耷拉下去。

幸一　（对和夫）那我们走啰。

和夫　嗯。

| 于是他们三个人出来。
　开玄关的声音——

和夫　（画外音）再见——

秋子　（画外音）晚安——

| 平山迷迷糊糊地脱着外衣。
　和夫折返回来。

和夫　喂，爸爸，我要睡觉了。

平山　嗯，睡吧。

| 和夫进了里屋钻进被窝。

和夫　（趴着）哎，爸爸——

平山　呃——？

和夫　不要喝太多酒啦。

平山　唔……

和夫　要保重身体啊……您要是不在了我怎么办呢？

平山　哦，放心吧……啊，攻守兼备的铜墙铁壁[1]，啊……

---

[1]. 此句为歌词。

  和夫 喂，适可而止吧，赶紧睡觉啦。
  平山 唔……嗒——嗒啦嗒，嗒——嗒啦嗒，嗒——嗒，嗒——嗒嗒……

| 平山垂着个脑袋，反反复复地哼唱着。

  和夫 嘟囔些什么呀，真该睡觉了。
  平山 唔……一个人孤孤单单吗……嗒——嗒啦嗒，嗒——嗒啦嗒，嗒——嗒，嗒——嗒嗒……

| 平山不停地哼唱着。

97 二楼走廊

| 漆黑一片……

98 二楼房间

| 房间里也黑乎乎的，黑暗中浮现出穿衣镜幽微的光芒。

—— 终 ——

译后记

遗憾方为人生[1]

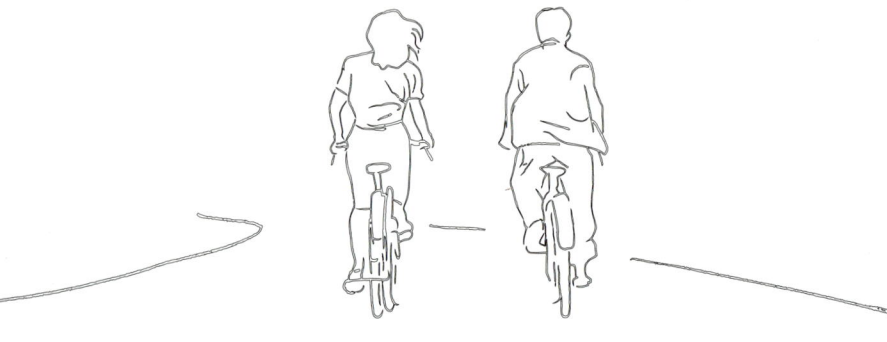

一

小津安二郎（1903 年 12 月 12 日—1963 年 12 月 12 日）是日本著名电影导演、剧作家。他一生共执导影片 54 部，多部优秀作品享誉世界影坛。2012 年，由英国权威电影杂志《视与听》举办、知名导演与影评人评选出"影史十大影片"，小津安二郎的代表作《东京物语》位列其首。其本人获得的主要荣誉有：1952 年第 2 届日本电影蓝丝带奖最佳导演奖；1958 年

---

1. 文中几处小津安二郎的讲述，除了标明出处的，其余皆引自井上和男编定的《小津安二郎全集》。

紫绶褒章；1958年日本艺术祭文部大臣奖；1959年日本艺术院奖；1961年第8届亚太电影节最佳导演奖。1962年，小津安二郎入选日本艺术院会员。

小津安二郎开创了含蓄隽永、余味悠长的电影风格，被世人赞誉为"小津调"。随着小津安二郎在电影史上声誉日隆，剖析其电影美学和风格的著述卷帙浩繁。而一部优秀的电影作品，离不开好的剧本，也可以说"小津调"的电影，是建立在"小津调"的剧本之上的。

小津安二郎的54部电影作品，绝大多数的剧本是由他本人执笔或是与他人共同创作的。在与他人合著的剧本中，有27部是小津和著名剧作家野田高梧联袂打造的。尤其是从1949年的《晚春》至1962年的《秋刀鱼之味》，这13年间，小津安二郎导演的全部电影的剧本都出自这两位大师之手。《晚春》《麦秋》《茶泡饭之味》《东京物语》《早春》《东京暮色》《彼岸花》《早安》《浮草》《秋日和》《小早川家之秋》《秋刀鱼之味》，这12部作品无论是影片还是剧本都堪称经典。

二

◎ 不变的嫁女主题

12部经典作品中，《晚春》《麦秋》《彼岸花》《秋日和》《秋刀鱼之味》都属于嫁女系列。不仅主题类似，就连出场人物的名字也多有重复。譬如《晚春》《麦秋》《东京物语》中的纪子，《晚春》《东京暮色》《东京物语》《彼岸花》《秋日和》中的周吉等。

接近一半的嫁女名篇，翻来覆去熟悉的名字，难怪人们说起小津电影，印象总是不变的嫁女主题。也有人说小津总在重复自己。小津自己则有过这番表述："动辄会有人说：'偶尔也创作部不同风格的作品呀！'但我会告诉他：'我就是个豆腐匠，做豆腐的人去做咖喱饭或炸猪排，怎么会好吃呢？'"（《报知新闻》1955年3月27日刊登）

因为是个豆腐匠，所以就只做豆腐；因为有想表达的东西，所以不厌其烦地一次次出发。我想这叫作坚持。

即使小津的作品有着某种程度的重复，但认真读下去，便会发现，其实每一部作品都在试图表达一些新的东西。

暮春时节，草长莺飞。《晚春》的故事徐徐拉开帷幕。

没有大的波澜起伏，庸常的生活碎片构成了《晚春》，一切都在平平淡淡中行进，如同每一天的日升月落，其间，你会邂逅一些美好，一些感动。

故事缓缓推进。纪子与服部，原本青梅竹马的两个人，走着走着就远了，熟悉的过去变得虚幻。当服部自己坐在音乐厅，身边是空荡荡的座位时，那一句"你切的咸萝卜都还连着不断呢"，听来格外令人唏嘘。

故事继续推进。时光如水，夜以继日地冲刷，洗白了岁月，冲散了亲人。纪子嫁人，纵千般不舍，到头来父女终要分别。最后的团聚时光，父亲的絮叨令人印象格外深刻。然而再多的絮叨都留不住时光的脚步。"一定要幸福"成为父亲对出嫁女儿唯一的祝福。

春天再晚都会来，春天再长也会去。

《晚春》说，一定要幸福。

《麦秋》最后定格在大和乡下：一望无垠的麦田，麦子已经熟透，金黄的麦浪随风起舞。

成熟的麦子被收割后，离开土地，这是麦子的秋天。纪子离开父母，远嫁去了秋田；父母则离开生活了16年的东京，回到大和老家守住生命的秋冬。

所以麦秋，是高潮也是结局。故事最后，特别能感受到题目《麦秋》的意义与分量。

自然与人生并无二致。成熟意味着分别，每一次分别时都期待着下一次的相聚。然而，对于日渐老去的父母，还会有多少次相聚？在平凡的日子里寻味快乐与幸福，又在寻常的快乐与幸福中品味着淡淡感伤，在感伤中触摸活着的意义，最终抵达生命的通透。

与《晚春》中对爱情迷茫的纪子不同，《麦秋》中的纪子颇有主见。她放弃了身价颇高的单身汉，选择丧偶有女、生活困窘的谦吉，很多人为之唏嘘；而纪子笃定，她说："我并不太信任一个年满四十还优哉游哉独自生活的男人呢。有小孩的男人反而更值得托付呢。"纪子是淡定而通透的。

故事最后，老夫妇眺望熟透了的麦田，想着远嫁的女儿，想着一家人曾经热闹幸福的生活。父亲周吉说人的欲望是无穷的,母亲志希说我们毕竟幸福地生活过呢。老人是知足而通透的。

故事琐碎平淡,但绝不庸俗,充满烟火气息,淡出生活的真味。整个故事是温馨的,有着大半个世纪前的缓慢节奏,在当前浮躁快速的社会洪流中,依然有着治愈人心的力量。

《麦秋》说,成熟的生命是金色的通透。

《彼岸花》与《秋刀鱼之味》,两部作品的题目有着异曲同工之妙。前者故事中没有彼岸花,后者故事中不见秋刀鱼。然而读罢掩卷长思,彼岸花分外妖娆,秋刀鱼余味悠长。

彼岸花是一种什么花?

在日本,每年秋分时节,彼岸花群开于田埂与堤坝上,火红一片。其花形娇艳,色彩也绚烂,但有花无叶,有叶无花。

传说中,彼岸花开一千年,落一千年,花叶永不相见。情不为因果,缘注定生死。

所以,这样的彼岸花被赋予了悲情色彩——无尽的爱、悲伤的回忆、死亡的前兆和地狱的召唤。

多像人世间的父母与子女,子女最绚烂的日子,便是父母凋零的开始。一朝零落,不复相见。

《彼岸花》说,生命轮回不休,彼岸花开绚烂。

秋冬是什么况味?于日本人而言,秋冬是秋刀鱼的味道。

秋刀鱼是秋冬季节的时鲜,从每年八九月份到次年三月,在日本列岛依次巡游,它们的出现,意味着秋冬的到来。所以，秋刀鱼的名字便蕴含着萧瑟凛冽之味。无论你喜不喜欢，秋冬总归要来。如同故事中的平山周平，终有一天要嫁掉女儿，独自迎来生命的寒冬。

品味秋刀鱼是怎样一种体验？日本人总是取最新鲜的秋刀鱼，撒上盐烤着吃，鲜美咸香中夹杂着丝丝苦腥，味道未臻完美，却总是余味无穷。如同人生，没有圆满，但同样令人沉醉。

即便普通如秋刀鱼，一旦错过这个季节，便再难寻觅——如同不加珍惜悄然逝去的芳华与爱情；如同故事里的路子与三浦，一旦错过，便成永远。

平凡普通，余味无穷，这是秋刀鱼；由生至死，盛极而衰，这是人生。有容易错过的秋刀鱼，没有重复走过的人生。

《秋刀鱼之味》说，且走且珍惜。

关于《秋日和》，小津安二郎有这样一番讲述："这世间，原本很简单的事情，若大家一哄而上往往就搞复杂了。即使看着复杂，但人生的本质或许意外地简单。"

故事中，田口、间宫、平山一哄而上，为已故同窗好友三轮的遗孀秋子、女儿绫子的婚事操碎了心，却好心办坏事，造成母女嫌隙。故事中，三个中老年男人的对话幽默风趣，很多场景令人忍俊不禁。故事的基调确如片名《秋日和》，秋阳明媚，秋风送爽。当然，这风吹着吹着便带来萧瑟与凉意，这是嫁别爱女的秋子内心的寂寥，也是蕴含在幽默轻松中的淡淡感伤。

《秋日和》说，天凉好个秋。

关于自己的作品，小津还说过："摒弃所有的戏剧性，不让人哭，却展现出悲伤；不刻画戏剧性的冲突，而让人们领略人生滋味……"

其实，不唯《秋日和》，这种冷静克制的讲述风格，贯穿小津安二郎的作品始终。

◎ 家庭的悲欢离合

社会变革，家庭聚散，是再正常不过的社会现象。然而，落到每家每户，落到个人身上，便是承载着悲欢离合的人生故事。

何谓经典？随着时间的流逝，不仅不褪色，反而愈加清晰感人的作品方可称为经典。1953年的作品，依然感动着今天的我们。由此看来，《东京物语》堪称经典之经典。

一对乡下的老夫妻，在邻居艳羡的目光中，开启了充满自豪与希冀的探亲之旅——去大都市看望事业有成的子女。长子医学博士毕业，在东京经营一家诊所；大女儿开美容店；小儿子在大阪铁路部门工作。

然而，希望中的美好，总是遭遇现实的摧毁。养家糊口、忙碌工作的不得已，总能战胜陪伴父母的孝心。有意无意间，儿女们带给父母一个又一个遗憾。而儿女被生活的巨浪裹挟向前，浑然不觉身后父母的失落，最终迎来"子欲养而亲不待"的千古憾事。

二儿媳纪子的体贴，是二老探亲之旅最温情的记忆。然而，次子昌二已经去世八年，即便纪子还想留在过去，生活也会裹挟着她一路向前。她说"遗忘他的日子越来越多了"。人生最大的矛盾其实是你还想停留在过去，岁月早已向前。

儿女长大成人，拥有了自己的生活；父母逐渐老去，走向寂寞。父母以为孩子们在大城市过着光鲜的生活，却不晓得他们每前进一步都是拼尽全力。孩子们纵然知道白发人去日无多，却像鸵鸟一般将头埋进沙子，妄想着岁月静好。

通篇故事没有强烈的批判，没有非此即彼的对立，更多的是家长里短，更多的是无可奈何。唯其如此，更动人心。

父母子女意味着什么？但听汽笛长鸣，火车直奔远方。

生命的意义何在？且看大海宽广，时而宁静时而澎湃。

品味至此，你会不会产生终极的孤独？也许，遗憾方为人生。

《东京暮色》继续展现小津作品的精髓——直面衰老与死亡。

冬日的天空，下雪的黄昏，榉树的梢头，苍白的阳光……这一切都在提示着一个华美落尽、尽显生命底色的阴冷故事正在上演。

妻子喜久子抛弃子女、家庭，与人私奔，遭背叛打击的周吉含辛茹苦养大三个儿女，却又不得不承受儿女各自遭遇不幸的打击。

——儿子正年轻，登山出了意外，从此阴阳两隔。

——大女儿孝子夫妻不睦，不声不响跑回娘家。最后虽然回到丈夫身边，但丈夫的神经质，注定了孝子余生的艰难。

——从小缺失母爱的明子误入歧途,生活放纵,未婚先孕,男朋友宪二避而不见。失意的明子借酒浇愁,却在穿越道口时被电车撞飞,生命终止于花季。

聂鲁达有句诗:当华美的叶片落尽,生命的脉络才历历可见。读《东京暮色》,你会想到余华的《活着》。

1961年上映的《小早川家之秋》,围绕着洒脱不羁的大老板小早川万兵卫,上演了一场悲欢离合的家族故事。

大资本的冲击,给酿酒世家小早川家笼罩上淡淡的阴影。而一家之长的万兵卫我行我素的个性,给家族带来诸多不安定因素。他固然关心小女儿的婚事、孀居儿媳的幸福、家族的生意,但不羁的性格让他更留恋外面的花花世界。一次邂逅,令其和失散多年的老情人旧情复燃。

故事围绕万兵卫两次心肌梗死昏倒展开。第一次很快好转,尽管家人提心吊胆,本人却满不在乎,甚至丢下和他玩捉迷藏的孙子,溜出门去偷会老情人,活脱脱一个老顽童。第二次发病,昏倒在老情人家中,幸运不再,一命呜呼。

曲终人散,小女儿远嫁,大家庭解体,家族企业也走向被大资本兼并的命运。

《东京物语》《东京暮色》《小早川家之秋》,一脉相承的"小津调",于平淡中娓娓道来。当然,惊艳会有的,就在回首的刹那。

1959年,小津安二郎荣获日本艺术院奖。"因为获得了艺术院奖就推出一本正经的电影,若被人这么说也怪讨厌的……",据说正是基于上述心态,两位大师一反常态,创作出了轻松幽默的喜剧片《早安》,该片于1959年上映。

主人公是小实、小勇两个孩子。小津对孩童角色的处理自有定评。及至《早安》,孩子的形象更是深入人心。通篇故事下来,小津式幽默贯穿始终,人物形象饱满生动,串联起生动的故事情节。八卦是非,似乎是邻里关系的主题。而大人与孩子之间的冲突,借助放屁游戏的善意讽刺,让《早安》故事于欢快诙谐中多了一些理性的思考。

◎ 关乎婚姻爱情

《早春》是小津作品中篇幅最长的一部。故事围绕着一群年轻的上班族展开。上班之余,他们偶尔郊游聚餐、开心唱歌、斗嘴磨牙,这些轻快的插曲呼应着早春的明媚。公司间的派系争斗给上班族带来生存压力,这是早春的料峭。在派系争斗中负重前行的男主杉山,被电车伙伴金子千代诱惑出轨,导致老婆离家出走。

剧本安排了多处巧妙的对比:

悲情的三浦在病床上的一番感慨最令人动容。乡下出来的孩子终于在心仪的大公司谋得职位,无比热爱工作,却一病不起,只能每天躺在家里想象同事们按部就班的每一天。讽刺的是,三浦爱而不得的正是被同事们深恶痛绝的。

昔日战友眼中的杉山,有体面的工作、漂亮的妻子,按部就班走下去,最后或能升任董事,成为人生赢家。而杉山本人的感受则完全不同：孩子早夭，妻子唠叨，薪水过低，赏识自己的公司前辈被外调，现任部长打压异己，顶着千分之一的升迁机会，无异于顶着千斤压力。

还有急流勇退的河合，对比顶着压力一路爬到公司中层的老朋友小野寺。

急流勇退者毕竟微乎其微，绝大多数人还是背负着生活的重压一路前行。所以，大师将更多的笔墨给了年轻的主人公杉山，通过杉山的视角，讲述婚姻生活和职场生活的真实——爱不起来，也恨不起来，只能被生活裹挟着一步步向前。

而在被动前进的过程中，有限的自主选择变得至关重要：选择留在都市还是外调去大山？选择出轨的刺激还是回归家庭的平静？最终杉山貌似做出了正确的抉择——远离喧嚣和欲望的都市，去大山里守着寂寞，守着回归家庭的路。

此时，春天已远，夏天来临。

《茶泡饭之味》，作者的意图是描述夫妻爱情的理想存续状态。故事除了从女性的角度看待男人的优缺点，也试着从男性的立场阐述男人的特点。

出身长野农村的佐竹茂吉与千金小姐妙子相亲结婚，出身差异造就生活习惯的截然不同：一个偏好粗茶淡饭、淳朴自然；一个追求精致生活、浪漫享受。婚后多年，出身问题始终横亘在夫妻之间，成为许多矛盾的激化点。

最后二人误解消融，一起吃了顿朴素美味的茶泡饭。故事至此，过去的冲突早已烟消云散，字里行间弥漫着茶泡饭的滋味——淡淡的，暖暖的，简单且包容，清爽留余香。这不仅是茶泡饭之味，也是作者想表达的夫妻间的况味吧。

世事喧嚣，不如一起吃顿茶泡饭吧。

《浮草》中的男主人公是歌舞伎戏班班主驹十郎，他领着一众戏班成员，行走江湖，过着浮萍般的漂泊生活。两个情人，一个儿子，与爱情有关，与婚姻无缘，所以驹十郎注定了一生漂泊不定。在小津作品中，这篇故事罕见地设置了多处紧张刺激的戏剧性场面，也被称作"小津歌舞伎"。

三

关于自己的作品，小津安二郎有这样一番表述："比起故事本身，我更想刻画诸如轮回啦、无常啦这样一些深刻的东西。迄今为止这是最辛苦的……电影也是如此，不要推到最后，我想留有余白，让余白发酵成绵长的余味。"（日本《电影旬报》1952年6月上旬号）

翻译过程中，再普通不过的家长里短，看似寻常的对白场景，不知不觉间便入了心，仿佛小桥流水，叮叮咚咚，声声扣着心扉，又像是一杯岁月的醇酿，入口平淡，回味绵长。是了，这便是大师的深刻和余味。

譬如说吧：

《晚春》中纪子和服部沙丘上的对话——

> 纪子　是啊，我切的咸萝卜，总是连着不断呢。
> 服部　那不过是菜刀和砧板间的对应关系，可是咸萝卜跟吃醋，二者之间，哪有什么有机的关联啊？
> 纪子　那你喜欢吃吗？连着的咸萝卜？
> 服部　偶尔吃吃也还不错吧，连在一起的咸萝卜呢——

到后来，不甘心的服部再次抛出纪子的"连着不断的咸萝卜"，而纪子只淡淡回了一句"菜刀钝了"。一句足矣，往事远矣。

《东京物语》中上野公园里老夫妻的对白最简单也最耐人寻味——

> 周吉　哎，这城市可真大呀。
> 富美　是啊。要是不小心在这里走散了，怕是一辈子都见不着面喽。

《麦秋》最后，老夫妻坐在大和乡下的祖屋，眺望着成熟的麦田，看到送亲的队伍从田间走过，便想起了远嫁的女儿——

> 志希　——纪子，也不知道现在怎样了……

周吉　唔……一家人就这么散开了……不过啊，我们已经很不错啦……

志希　……经历了那么多事情……活了这么长的时间

周吉　唔……人的欲望是没有止境的呢……

志希　嗯……可是，我们真的幸福过呢……

周吉　唔……

一句"幸福过呢"，听来真是滋味万千啊。

人生是什么？是父母子女一场却终要离散，是矛盾无处不在，是"未觉池塘春草梦，阶前梧叶已秋声"……

人生还是什么？《秋刀鱼之味》中，晚景凄凉的佐久间老先生说："人生一世，到头来终究是一个人啊……"

人生还是什么？《小早川家之秋》中，借农夫之口如是说："不断地死去，不断地出生，生命就是这样循环往复啊……"

人生还是什么？《彼岸花》说，是"今天贺喜明天奔丧"。一句话，褫其华衮示其本相，赤裸裸的人生本就这么残酷。平山刚参加完好友河合千金的结婚典礼，第二天就要参加某某友人的告别仪式。忙忙碌碌间无非是喜迎与哀别。但谁又能停下奔忙的脚步？！

读懂小津的余味，你便读懂了人生。

四

纠缠山峦的烟霭散尽

春日在晴空下盛放

樱花烂漫，撩拨着我的思绪

此间，我沉湎于《秋刀鱼之味》

残樱零落忧思百结

清酒如药苦入愁肠

……

这是1962年4月9日，小津安二郎在创作剧本《秋刀鱼之味》期间写下的日记。就在两个月前，小津遭遇了丧母之痛，给予他无限疼爱的老母亲撒手人寰。

人生美好时，如春樱盛大开放。但盛到极致必是衰败，秋冬总归要来。《秋刀鱼之味》完成后的第二年冬天，即1963年12月12日，小津60岁生日当天，他如同一个洞悉生命真相的智者，释然放手，奔赴下一场命运而去。

2019年12月，我着手翻译小津先生的经典作品。12月12日清晨，窗外大雪纷飞，我阅读着小津先生的生平，思绪亦如纷飞的大雪。

茫茫白雪中，北镰仓圆觉寺内，一座"无"字碑兀然而立。碑下，沉睡着被誉为"最日本的导演"小津安二郎。

一个用诸多优秀作品温暖着人世的导演、剧作家，墓碑上的"无"字,亦如他的作品,留给世人无限言说的空间。而他转身离去,渐行渐远,直至跟天地融为一体。

火葬场烟囱冒出的青烟随风飘散。亲友们抱着骨灰去往饭店,途中经过一座桥。桥上停着黑色的乌鸦,河滩上也有几只乌鸦正在觅食,有一只栖落在石佛的头顶。

这是《小早川家之秋》最后一幕。寥寥几笔,便将人们的目光从悲情的家族故事引向高处。

深陷其中,是故事。读懂了,便是人生。

抬头,佛祖无喜无悲。

2021 年 10 月 15 日

译者 | 张丽娟

诗人,日语翻译家。
山东龙口人。
曾旅居日本多年。
译有中原中也诗集《山羊之歌》(2019年)。

编者说明

小津安二郎为日本著名导演,创造了独特的电影美学,不仅影响了日本乃至世界电影史的发展,也影响了日本现代生活美学以及人们对日常生活的态度。

"小津安二郎经典作品集"共4册,收录了小津安二郎12部(1949—1962年)代表作。本册收录了其中三部剧本:《秋日和》《小早川家之秋》《秋刀鱼之味》。

本作品集以井上和男编定的《小津安二郎全集》为底本。井上和男先生是日本著名导演,曾师从小津安二郎。

考虑到剧本的时代原因和表演属性,本书中标点符号的处理以尊重原文为主,不强作规范。特此敬告读者。

作家榜®经典名著

读经典名著，认准作家榜

作家榜，创立于2006年的知名文化品牌，致力于促进全民阅读，推广全球经典，连续13年发布作家富豪榜系列榜单，引发各大媒体关注华语作家，努力打造"中国文化界奥斯卡"。

旗下图书品牌"作家榜经典名著"系列，精选经典中的经典，凭借好译本、优品质、高颜值的精品经典图书，成为全网常年热销的国民阅读品牌，在新一代读者中享有盛誉。

经典就读作家榜
京东官方旗舰店

经典就读作家榜
当当官方旗舰店

经典就读作家榜
天猫官方旗舰店

经典就读作家榜
拼多多旗舰店

| 策　划 | 作家榜 |
| 出　品 | |

出 品 人 ｜ 吴怀尧

总 编 辑 ｜ 周公度

产品经理 ｜ 李　谨

美术编辑 ｜ 李柳燕

内文插图 ｜ 林　青

封面绘图 ｜ ［韩］Haam juhae

封面设计 ｜ 林　青

产品监制 ｜ 陈　俊

特约印制 ｜ 朱　毓

版权所有 ｜ 大星文化

官方电话 ｜ 021-60839180

作家榜抖音号
每周直播荐好书

作家榜官方微博
经典好书免费送

百态人生
尽在故事会

图书在版编目（CIP）数据

秋刀鱼之味：小津安二郎经典作品集 /（日）小津安二郎，（日）野田高梧著；张丽娟译. -- 杭州：浙江文艺出版社，2022.6

（作家榜经典名著）

ISBN 978-7-5339-6854-0

Ⅰ.①秋… Ⅱ.①小… ②野… ③张… Ⅲ.①电影剧本—作品集—日本—现代 Ⅳ.①I313.35

中国版本图书馆CIP数据核字（2022）第079120号

责任编辑：陈　园
文字编辑：汪心怡

作家榜®经典名著

读经典名著，认准作家榜

秋刀鱼之味
小津安二郎经典作品集

［日］小津安二郎　［日］野田高梧 著
张丽娟 译

全案策划
大星（上海）文化传媒有限公司

出版发行
浙江文艺出版社
杭州市体育场路347号　邮编 310006
浙江省新华书店集团有限公司 经销
浙江新华数码印务有限公司 印刷

2022年6月第1版　2022年6月第1次印刷
889毫米×1194毫米　32开本　13.875印张
印数：1—8000　字数：277千字
书号：ISBN 978-7-5339-6854-0
定价：56.00元

版权所有　侵权必究
（如有印装质量问题影响阅读，请联系021-60839180调换）